星新一 YAセレクション

★★★★★★★★★★★★★★

不吉な地点

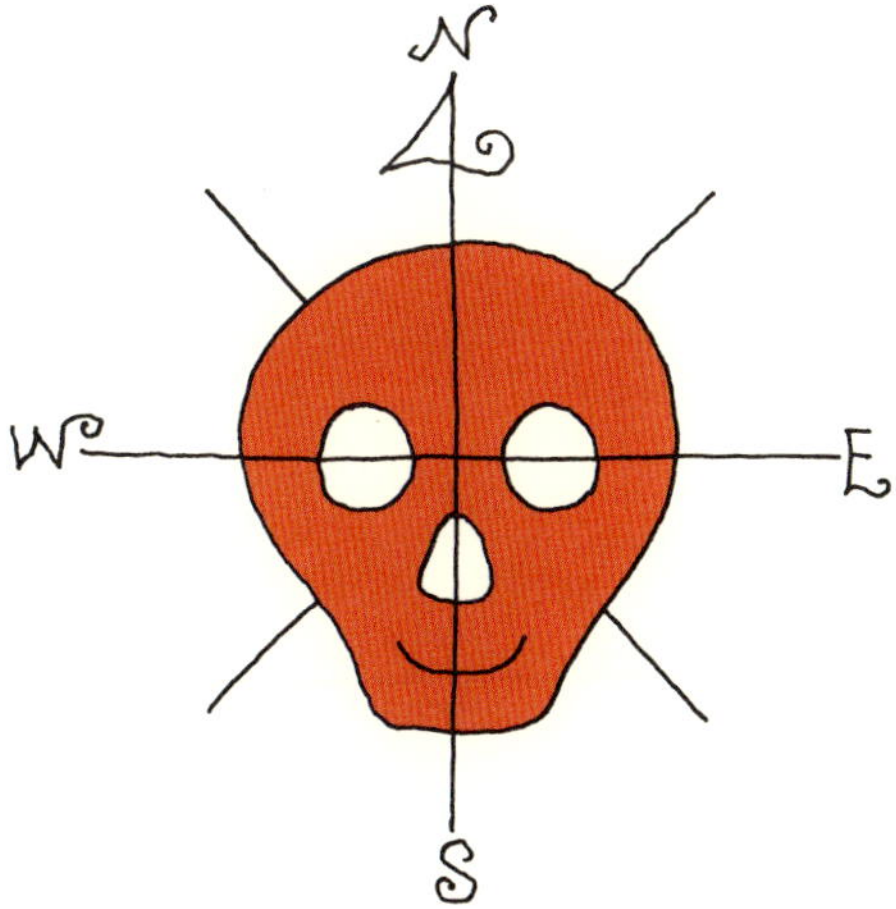

和田誠 絵

理論社

星新一★★★★
YAセレクション

不吉な地点

目次

装幀・装画・さし絵　和田　誠

黒い服の男

身なりのいい紳士《しんし》が、神経科の病院にあらわれた。顔は青ざめ、おびえた表情をしている。彼《かれ》は院長にむかって、ふるえ声で言った。

「先生、なんとか助けて下さい。不安と恐怖《きょうふ》。このままだと、いてもたってもいられません。費用は、いくらでもお払《はら》いいたします」

「わかっています。まあ、落ち着いて事情をお話し下さい。なにごとです」

「じつは、黒い服を着た怪《あや》しい男たちに、昼となく夜となく尾行《びこう》され、ひそかに監視《かんし》されつづけているのです。友人に打ちあけても、気のせいだと軽くあしらわれた。警察《けいさつ》に訴《うった》えたら、黒衣団《くろごだん》などといった、子供《こども》だましの話にはつきあえない。まず、あの病院に

行ってみてもらえと……」

声はしだいに高く、真剣味《しんけんみ》をおびてくる。院長は笑いを押《おさ》えたような口調で言った。

「なるほど、よくある妄想《もうそう》です。世の中には、他人の秘密《ひみつ》をのぞき、それをたねに足をひっぱり、失脚《しっきゃく》させようとたくらむやつが多い。そのへんが原因です。しばらく治療《ちりょう》すれば、全快なさいます」

「しかし、先生。妄想なんかじゃありません。げんに黒い服の連中が、みえかくれにわたしのあとを……」

「本当のように思えるからこそ、妄想なのですよ。もし治療後も同じ気分でしたら、それこそ本物。わたしが警察《けいさつ》へごいっしょして、事実だと口ぞえしてあげましょう」

院長の自信ありげな説明で、紳士《しんし》はいくらかほっとした。そして、二週間ほどの入院のあと、院長が聞く。

「いかがです。まだ黒衣団《くろごだん》につきまとわれているような気がしますか」

「いや、すっかり消えました。やっと、安心できました。すべて先生のおかげ……」

紳士《しんし》は費用を払《はら》い、うれしそうに帰ってゆく。それといれちがいに、裏口《うらぐち》から黒い服の男が入ってくる。院長はいくらかの金を渡《わた》しながら言う。

「ごくろうさま。この作戦をはじめてからは、お客がふえ、大繁盛《だいはんじょう》だ。あらかじめ調べて、社長とか政治家とか流行歌手とか、景気のいい連中だけをねらうから、成功率も利益率も高い。各警察《けいさつ》には、この症状《しょうじょう》についての論文《ろんぶん》を参考資料にと送ってある。すべて順調。おかげでわが病院も、このところずっと黒字つづき……」

自信

とあるマンションの三階の一室。そう広くはないが、冷蔵庫や電話や洋服ダンスなどが、ひと通りはそろっていた。そして、ベッドの上にはここの住人である青年が、ぼんやりと横たわっていた。

彼《かれ》の名は西島正男、商事会社につとめており、まだ独身だった。独身だからこそ、このような小さな部屋でも充分《じゅうぶん》なのだった。また、独身だからこそ、このようなわりと高級な部屋に住む余裕《よゆう》があったといえた。

窓《まど》のそとには、夕ぐれの景色がひろがっていた。昼が去り夜が訪《おとず》れようとする、境目の明るさだ。なにもかもがまざりあい、ものうく、よどんでいるような時刻《じこく》。街のざわめきも、昼間の活気と夜の静かさのほどよい中間、意味も感情もない疲《つか》れたような響《ひび》きだ。それは、聞くほうの気分がそうであるためかもしれないが……。

正男はベッドの上に、ひとり横たわっていた。会社から帰ってはきたものの、今夜はここでテレビか読書を楽しんだものか、いい服に着かえて夜の街に遊びに出かけたものかをきめかね、たそがれの明るさのなかでぼんやりしていたのだ。

その時、正男はドアのベルが鳴るのを聞いたような気がした。彼《かれ》は身を起し目をこすって、うとうとした気分を払《はら》いながら、ドアの内側から声をかけた。

「どなた」

「西島……」

と声がかえってきた。正男は首をかしげた。自分をなれなれしく呼《よ》び捨《す》てにしたところをみると、親しい友人のだれかのようだ。しかし、その声には特徴《とくちょう》がなく、それにあてはまる顔も名前も浮《う》かんでこなかった。

あまり親しくないやつかもしれない。そうとしたら、失礼なことだ。彼は少し腹《はら》を立てながら、ドアをあけた。

ひとりの男が入ってきた。正男はその顔を見たが、やはり心当りはなかった。特徴がなく、どこにもある顔としか形容ができない。いや、もっと正確にいえば、あらゆる男をまぜあわせて平均したような顔つきだった。服装《ふくそう》もまた同様、年齢《ねんれい》のほうも見当がつかなかった。正男はちょっといやな気分になった。まったくとらえどころのない相手に出あえば、だれでもそうなるだろう。

図々《ずうずう》しくなかに入ってきた男に、正男はあらためて聞いた。

「あなたは刑事《けいじ》かなにかなのですか」

「ちがう」

「それなら、名前ぐらい名乗ったらどうですか」

「さっき言ったはずだ」

「どなたなのです」

「西島正男」

と男が言った。正男は聞きかえした。

「その名前は……」

「ぼくの名だ」

と相手は当然のように答えた。正男はひたいに手を当てた。遠い親類かなにかだろうか。ぜんぜん思い出せなかった。あまりに平凡《へいぼん》で特徴《とくちょう》のない人物だから、記憶《きおく》の底に沈《しず》んでしまったのだろうか。しかし、同名だとすれば、忘《わす》れられるわけがない。

正男は思い出す努力をやめ、頭に浮《う》かんだ仮定を口にした。

「ああ、わかった。あなたはぼくと同姓《どうせい》同名、通りがかりに標札を見て、興味を持って立ち寄ったのでしょう」

「いや、ちがう」

「では、失礼ですが、どんなご用なのでしょう。なぜ、ここへいらっしゃったのです」

「なぜって、ここはぼくの部屋だからだ」

その言葉を耳にし、正男は一瞬《いっしゅん》、聞きちがえかと思った。しかし、相手の口調はしっかりしていた。表情のない声のため、そう感じられたのかもしれない。

どうしたものかと、正男は迷った。力ずくで追い返そうかと考えたが、好奇心《こうきしん》もまた強くわいてきた。こんな手のこんだ、とんでもないいたずら。だれがなんのためにたくらんだのか、それを見きわめてやりたい気がしたのだ。彼《かれ》はつとめて冷静に話しかけた。

「まあ、椅子《いす》にでもおかけ下さい。お話がありますます」

「ああ」

相手は椅子にかけ、足を組んだ。遠慮《えんりょ》のない身ぶりであり、自分の部屋にでもいるような態度だった。そんなふうな落ち着いたようすのため、正男はどんな質問をしたものか、とまどった。そのため、つまらない文句が口から出た。

「本当のお名前をおっしゃって下さいよ」

「だから、西島《にしじま》正男だ。そして、ここはぼくの部屋だ。なにかおかしいことでもあるか」

「いや……」

と答えはしたが、もちろん賛成したのではない。これぐらいおかしなことはない。どこがおかしいのだろうか、と正男は考えた。その結論《けつろん》はすぐに出た。この男の頭がおかしいのだろう。

正男は顔を近づけ、相手の目をのぞきこんだ。だが、そこには冗談《じょうだん》や悪ふざけをやっているような、うしろめたい色を発見できなかった。それどころか、逆効果をもたらした。無邪気《むじゃき》というか自信があるというか、悪びれない目で見かえされると、正男のほうが視線《しせん》をそらさざるをえなかったのだ。

その時、相手がとつぜん言った。

「で、だれなんです。きみこそ」

「だれって、それは……」

正男は口ごもった。こんなわかりきったことを、不意に聞かれるとは予想もしていなかった。めんくらっていると、男はまたも言った。

「家はどこで、ここでなににしていたんだ」

「いったい、これは……」

正男は軽い叫《さけ》び声をあげた。それからくちびるをかんだ。痛《いた》いところをみると、夢ではないらしい。

相手はしばらく質問をやめ、薄暗《うすぐら》くなりかけたなかで、うさんくさそうにこっちを見つめている。正男はそわそわした。自分自身が本当に西島正男で、この家の住人なのかどうか。このばかげた疑念《ぎねん》を検討《けんとう》してみたくもなってきた。

その虚《きょ》を突《つ》くかのように、男は言った。

「では、つとめ先は……」

「商事会社の……」

正男はどもった。ここで、確信をもって正確に、いやおうなしに相手を納得《なっとく》させなければならないのだ。だが、あせればあせるほど、舌がもつれた。

無表情だった相手の顔に、少し感情があらわれた。信じられないという表情だった。

そして言った。

「きみはまさか、ここの住人だとでも主張するのじゃないだろうね。きみがここで寝《ね》おきし、この窓《まど》からこの景色を眺《なが》め、毎日ここから会社に出かけていたなどと……」

「どうしたことなんだ……」

正男は目をつぶり、指で眉間《みけん》のあたりを強く押《お》した。ぼくはずっと、ここに住んでいる。窓からの景色はあきるほど眺めた。このドアから出勤《しゅっきん》して帰った回数は、数えきれないほどではないか。それなのに、こう問いかけられると、なぜか断言できない気がするのだ。

確信という感情が必要なのだ。それを求めて、正男は頭から心、からだじゅうをさがした。しかし、どこからも引っぱり出せなかった。ずっと使ったことがないので、退化し消滅《しょうめつ》してしまったのだろうか。

だが、そんなことを論《ろん》じている時ではない。この状態を早くなんとかしなければいけないのだ。彼《かれ》は泣き笑いしながら叫《さけ》んだ。

「おいおい、いいかげんにしてくれよ。これはなんの冗談《じょうだん》なんだ。だれにたのまれたの

19 自 信

か、早く教えてくれよ」

「冗談《じょうだん》とはなんのことだ。なにか、気にさわるようなことを言ったかな……」

その声を正男は目をつぶったまま聞き、解決への手がかりを求めた。しかし、底に笑いを秘《ひ》めたような点は少しもなく、同情めいた響《ひび》きさえおびている。また、自分の口調に似てきたようにさえ思えた。こっちが度を失っているためだろうが。

正男は、目をあけるのが不安になってきた。なんとかして、この状態を抜《ぬ》け出さなければならない。彼《かれ》は必死に考え、またひとつ仮定を思いついた。冗談でないとしたら、だれかがこいつに催眠術《さいみんじゅつ》をかけたのかもしれない。なぜそんなことをしたのかはわからないが、ありえない話ではない。こいつを正常にもどせれば、それを聞き出せるかもしれない。

正男は目をあけ、思いきって言った。

「さあ、手をたたいたら目をさますのだ」

そして、手をたたいた。それを見て相手は言った。

「おい、どうしたんだ、そんなことを急にはじめたりして。気はたしかなのか」

正男のからだから、また力が抜けた。悲しくもなってきた。

さっきにくらべ、室内の暗さはましてきた。だが、正男は電気をつけようとしなかった。相手を正視《せいし》する自信が、ますますなくなってきたのだ。それに、明るくしたら相手は腰《こし》を落ち着けそうだし、暗いままにしておけば、あきらめて帰ってゆくかもしれない。

しかし、しばらく待ったが、相手は帰りそうにない。正男は一段《いちだん》と不安になった。根《こん》くらべで帰るのを待っているのは、相手のほうではないかと思えてきた。そう思って見るせいか、相手の態度は自信を増したようだ。

正男の不安に恐怖《きょうふ》が加わった。無意識のうちに、指が防犯用のベルを押《お》していた。それに気づき、彼はほっとした。これがよかったのだ。まもなく管理人がかけつけてくるだろう。そして、すべてが幕《まく》だ。

廊下《ろうか》をかけてくる足音がし、ドアの前でとまった。やっと助かる。正男は腕《うで》を組んで大きな息をした。

相手は立ちあがって、ドアにむかった。逃《に》げようというのだろう。しかし、なんと言い訳《わけ》をして出てゆくだろう。正男が耳を傾《かたむ》けていると、ドアが開き管理人の声がした。

「どうかなさいましたか」

それに対し、男は平然と答えていた。

「いや、たいしたことはありません。変な男がぼくの部屋にいて困《こま》っていたのです。しかし、まもなく帰るでしょう。ご心配かけました」

「本当に大丈夫《だいじょうぶ》ですか。気をつけて下さいよ、西島さん」

こう言って管理人は帰っていった。この会話を聞いて、正男はぼうぜんとなった。やつは管理人を買収《ばいしゅう》でもしておいたのだろうか。しかし、そんなはずはない。非常ベルを押《お》すのは、自分でさえ今まで考えもつかなかったことなのだ。となると、管理人はこの男を自分だと認《みと》めたことになる。それでは、この自分は……。

この証明は、どうやってしたらいいんだ。暗い部屋のなかで、正男はそれをさがし、電話機をみつけた。これで会社にかけよう。宿直室に同僚《どうりょう》のだれかがいるはずだ。それと話してみせればいいだろう。彼《かれ》はうす暗いなかで目をこらして見つめ、電話をかけた。

呼出《よびだ》し音が終り、受話器から声が出た。

「もしもし、宿直室です。どなた……」

「ぼくだよ、西島だよ」

正男は話しかけたが、疑問《ぎもん》の口調がかえってきた。

「なんだか妙《みょう》な声だな」

その時、侵人者《しんにゅうしゃ》の男が手を出し、その受話器を取って言った。

「いや、電話をかけてもらったのでね」

「あ、いまのは代理の人だったのか。で、なにか用かい」

宿直の同僚の答える声が受話器からもれ、正男の耳にも入った。

「書類戸棚《とだな》の鍵《かぎ》をかけ忘《わす》れたのではないかと気になってね。見まわりの時に、たしかめておいてくれないか」

「ああ、わかった」

「じゃあ……」

受話器がおかれ、話は終った。なんの効果もあげなかったばかりか、かえって相手の立場を確実にするのを手伝ってしまった。

正男はあきらめることなく、もう一度やってみた。行きつけのバーの番号にかけ、受話器を侵入者《しんにゅうしゃ》に押《お》しつけた。

相手はそれを受け取り、話しはじめた。

「どうだい、景気は……」

「あら、西島さんね。いらっしゃってよ」

「いま来客中なんでね。いずれそのうちに。来客はうそじゃないよ。いま、その人とかわるから……」

正男はなんと言ったものかわからなくなってきた。受話器にむかって、声を押し出した。

「もしもし……」

「どうぞよろしく。西島さんのお友だちのかたですのね。お近いうちに、ごいっしょにお越《こ》しを……」

あいそのいい、だが、そっけない営業用のあいさつが返ってきた。正男は電話を切った。侵入者は、ぼくの声を奪《うば》ってしまったようだ。

激《はげ》しいいらだちのなかで、正男はあることを思いつき、その言葉を相手にぶつけた。

「そうだ。あなたはさっき、この部屋に入る前にベルを押したでしょう」

自分の部屋に入るのに、ベルを押す者などありえない。これこそ、すばらしい証明ではないか。しかし、相手は混乱《こんらん》のない口調で言った。

「押しはしない。押すわけがないだろう」

「それはそうです……」

正男の声は弱々しかった。自分では聞いたような気がするのだが、なんだかあやふやな気分だった。聞かなかったのかもしれないし、幻聴《げんちょう》だったようにも思えてくる。

正男はずっと触《ふ》れまいとしていた、最後の問題を正視《せいし》しなければならなくなった。催《さい》眠術《みんじゅつ》にかかっているのは、この自分なのだろうか。狂《くる》っているのは、この自分のほうなのだろうか。そんなはずはない。自分こそこの部屋の住人で、商事会社につとめる、西島正男なのだ。それを証明する方法があるはずだ。

彼《かれ》は追いつめられた獣《けもの》のように、死にものぐるいでもがき、ついにその方法を思いついた。写真だ。机《つくえ》の引出しに、自分のうつっている写真がある。会社でとったのもあるし、この部屋でとったのもある。なんで、それに早く気づかなかったのだろう。

正男は机にかけ寄り、引出しに手を入れた。写真が触《ふ》れた。たしかに存在《そんざい》しているのだ。催眠《さいみん》状態でも、狂気《きょうき》でもない証拠《しょうこ》ではないか。これを相手に突《つ》きつければいい。

「さあ、これがぼくだ。よく見てくれ」

と、正男は電気をつけて言った。だが、相手はつまらなそうに受け取り、つまらなそうに言った。

「ああ、その写真はぼくのものだ」

「なんだと……」

正男は写真をひったくり、のぞきこんだ。そこには、たしかに自分がうつっている。彼はそれを指摘《してき》するため、相手をにらみつけようとした。だが、目には力が入らなかった。相手の顔は、写真の顔と同じなのだった。西島正男の顔なのだ。いつのまに……。

「なぜだ、なぜだ……」

正男は絶叫《ぜっきょう》した。相手は困《こま》ったように言った。

「なぜかと聞かれたって、事実そうなのだから、答えようがないよ」

「しかし、こんなことが……」

正男は鏡に近よってのぞきこんだ。そこには、あの顔がうつっていた。特徴《とくちょう》のない、だれともつかない平凡《へいぼん》な顔が……。

「わかったかい」

と相手は言い、正男は答えた。

「あなたの言うのが正しかったようです。やはり、あなたのほうが本物なのでしょう。そうでなかったとしても、あなたのほうが自信があり、存在している意味もあるわけでしょう」

「では、失礼して、ぼくはくつろぐよ」

相手は服をぬぎ、洋服ダンスから部屋着を出して着かえた。正男は自分も服をぬぎ、相手のぬいだ服を身につけてみた。それはぴったりあい、気分も楽になるようだった。

「では、あとはよろしく。さよなら」

正男はあいさつをし、そとへ出た。すると、すっかり濃《こ》くなった夜の闇《やみ》が彼《かれ》を消した。

不吉《ふきつ》な地点

「あたしは炎《ほのお》の女王なのよ……」

若《わか》い女が奇妙《きみょう》な発音で言った。うつろな表情。ふらついた動作。ここは都会をはなれた北の地方の山小屋のなか。数名の若い連中が集って、ひそかに幻覚薬《げんかくやく》のパーティーをやっていた。

それぞれ、おたがいによく知った仲ではなかった。喫茶店《きっさてん》でなんとなく集り、話しているうちに気が合って、幻覚薬があるからそれを飲んで遊ぼうということになった。それには街なかだと、人目がうるさい。山奥《やまおく》へでもいって気がねなしにやろうということになった。そして、ここへきたというわけだった。

季節は冬。しかし、小屋のなかはストーブであたたかかった。

「おれは悪魔《あくま》だ」

と若《わか》い男のひとりがいっている。薬がききはじめ、だれもが幻覚《げんかく》におちいっている。

「あたしは炎《ほのお》の女王なの……」

「そうだ、そうだ」

「炎の女王なの。燃えているの。あついわ、あついわ」

「炎はあついものさ」

「あついわ、あついわ……」

女は服をぬいで下着だけになり、山小屋のドアをあけた。そとは雪が降《ふ》っている。しかし、幻覚で自分を炎の女王と思い込《こ》んでいる彼女《かのじょ》は、寒さなど感じない。ドアから出て、よろけた足どりでどこかへいってしまった。

「なんだか寒いぜ。悪魔は寒いのがきらいなんだ」

若い男はものうげに立ちあがり、ドアをしめ、ストーブにさわる。やけどをしたが、幻覚の世界にいるため平気だった。自分を小鳥と思いこんでいるやつは、机《つくえ》から飛びおり、どこかを打って床《ゆか》の上にのびた。むちゃくちゃな光景だった。

朝になり、薬がさめてくる。みな、ぼんやりと顔を見あわせる。

「雪がつもって、きれいだな。しかし、妙《みょう》な気分だ。なんだかしらないが、腰《こし》のあたりがひどく痛《いた》い」

「おれは手にやけどをし、ひりひりする。おや、女がひとりいなくなったようだぞ」

「そういえば、炎の女王とか叫《さけ》んでたようだった。おおかた、ばかばかしくなって、先へ帰っていったのだろう」

「雪のなかを、どうやって帰ったんだろう」

「そんなこと、知るものか。名前も住所も、よく聞いてなかった。おれは悪魔になったような気分だったが、さめてみれば、なんということもない。薬を飲まずに見物していれば面白かったのだろうが、飲むのは、まったくばかげている。おれも帰ろう……」

だれもむなしい気持ちで、山小屋から出ていった。

雪は降《ふ》ったりやんだりし、その数日後の晴れた日のことだった。

「けっこうつもったなあ……」

銃《じゅう》を持ったひとりの男が、村のほうからやってきた。

「冬の猟《りょう》はいいものだ。すがすがしく、壮大《そうだい》な感じがする。なにか、いい獲物《えもの》はないものか。あの林のへんはどうだろう」

すこし歩くと、鳥の飛び立つのが目に入った。一羽、つづいて一羽。男はねらいをつけ、引金をひく。銃声《じゅうせい》がひびき、散弾《さんだん》が発射《はっしゃ》され、みごとにしとめた。

「どうだ、おれの腕前《うでまえ》は。きのうから下痢《げり》ぎみで、胸《むね》のあたりもむかむかしていたが、これで気分がすっとした。思いきって、ここまできたかいがあったというものだ」

男はうち落した獲物のそばまで歩き、満足げにうなずく。しかし、下痢ぎみの症状《しょうじょう》はつづいていた。

「どうも調子がよくない。がまんしきれない。この白い雪をよごすのは気がひけるが、

33　不吉な地点

だれも見ている人があるわけでなし、ここでちょっと……」

男はズボンを下げかけた。

そのとき、林のなかで動物のただならぬうなり声がした。

「なんだ……」

ふりむいた男の顔は、たちまち青ざめ、ひきつった。大きな野犬があらわれたのだ。飢《う》えて凶暴《きょうぼう》になっていることは、一目でわかった。それがゆっくりと近づいてくる。ズボンを下げたままの姿《すがた》。男は身動きがとれなかった。逃《に》げることができない。無意識のうちに銃《じゅう》をかまえて引金をひく。

しかし、弾丸《だんがん》は出なかった。鳥をうつのに使ってしまっている。こめなおそうにも、その時間がない。野犬はキバをむきだして、さらに近づいてきた。

もはや絶体絶命《ぜったいぜつめい》。野犬は鋭《するど》く大声でほえた。男はふるえあがり、気を失った。体調がよくなかったせいでもあった。

野犬は舌《した》なめずりをしていたが、血のにおいをかぎとった。すなわち、さっき男がうち落した二羽の鳥だ。これまで食べたことのない人間よりも、野犬にとっては、鳥のほうが好ましい食料だった。

それを食べつくすと、野犬はいちおう満腹《まんぷく》した。そして、倒《たお》れている男をそのままにし、立ち去った。

やがて、また雪が降《ふ》りはじめた。男はそのまま雪の下に埋《う》まる。ショックのためか、体力が弱っていたためか、凍死《とうし》なのか、死因は知りようがない。


何日かすると、また晴れた日となった。

ソリを引いた二人の男がやってきた。いずれも、あまり人相がよくない。立ちどまって話しあう。

「このへんでどうだろう」

「まあ、いいだろう。これ以上、雪のなかを歩くのはたくさんだ。ボスの命令で、これをどこか、しばらく人目につかないところに捨《す》てるのがおれたちの仕事だ。ここらあたりがふさわしい場所だ」

「では、ほうりだすか」

ソリにつんで持ってきたものを、ほうりだす。それは若者《わかもの》の死体だった。散弾銃《さんだんじゅう》でうたれている。

「気の毒な感じがしないでもないな」

「仕方がないさ。おれたちの世界は非情なんだ」

彼《かれ》らはある犯罪組織の連中だった。法律《ほうりつ》をくぐって金をかせぎ、勢力をひろげる。やがて必然的に、ほかの犯罪組織と対立することにもなる。そして、険悪な争いとなる。ボスは子分たちに命じたのだった。

「こうなったら、相手の組織のボスを殺さなければならぬ。だれか、それをやってくれるやつはないか」

「ぼくがやります」

若者がそれを引き受け、拳銃《けんじゅう》を持って乗り込《こ》み、なんとかやりとげた。しかし、若いだけあって調子に乗りすぎた。いい気になって、自分の手柄《てがら》を自慢《じまん》する。ボスは顔をしかめた。とんでもないやつだ。このままだと、いまに警察《けいさつ》の耳にも入りかねない。やつは、とっつかまるぞ。そこで、自分はただ命令されただけだと、おれの名を口にするかもしれない。そんなことになる前に……。

かくして、若者は散弾をくらって、処分《しょぶん》された。組織を維持《いじ》するためには、やむをえない。この二人は、その死体のしまつを命じられ、ここへやってきたというわけだった。

「人目につかないように、雪をかけておこう」

「なにも、たくさんかけることはないぞ。どうせ、今夜あたりまた降《ふ》りそうだ」

「まったく、いい処理法《しょりほう》だ。これで春まで、だれにも発見されない。そのあいだに、ほとぼりもさめるというものだ」

「いいかげんで引きあげよう。空模様《そらもよう》がおかしくなってきた」

二人はからになったソリを引いて帰ってゆく。雪がふりはじめ、あたりをなにごともなかったような光景に変えた。

ただ白一色。だれが見てもけがれのない眺《なが》めだった。


春になる。

暖《あたた》かい日がつづき、雪はとけ、白さは自然界から消えた。

通りがかった村人たちが、そこにあるものを見つけて、大さわぎとなった。

「みろ、どういうことなのだ、これは」

「だれか、警官《けいかん》を呼《よ》んでこい。えらいことだ」

「ただごとでないな。下着だけの若《わか》い女。ズボンを下げ、銃《じゅう》を手にした男。それに、うたれて死んでいる若者《わかもの》。なにか複雑な事情がありそうだ」

かけつけてきた警官が、三人の死体を調べる。人びとは口ぐちに聞く。

「なぜ、こんな事件が……」

「まて、まて。うむ。そうだ、それにちがいない」

警官がうなずくと、みなは目を輝《かがや》かせた。

「おわかりになったんですか。さすがは警察官《けいさつかん》。これまでに、多くのこみいった犯罪を見聞なさっておいでだからなんでしょうね」

「そうだ」

「その、みごとな推理《すいり》をお話しください」

「つまりだな、銃を持った男が、若い女をおそって気絶させ、暴行におよぼうとした。そのとき、この若者があらわれて、女を助けようとむかっていった。しかし、銃にはかなわない。散弾《さんだん》をあびた。それでも、力をふりしぼって、相手の急所でもなぐったのだろう。きっと、そうにちがいない」

警官はとくいげに話し、だれもがうなずく。

「そうですね。それ以外に考えられない。しかし、身の危険《きけん》をかえりみず、悪にたちむかった若者。なんと勇気のある……」

人びとは金をだしあい、名もしれぬその若者の霊《れい》をなぐさめるため、小さな碑《ひ》を立てた。

しかし、それでことがおさまるわけがない。なにもかも的はずれ。どの霊も浮《う》かばれない。それに、ここは不吉《ふきつ》な地点なのだ。また雪の降《ふ》る季節になれば、わけのわからない妙《みょう》なことが起るにちがいない。

一家心中《いっかしんじゅう》

「もうだめだ。にっちもさっちもいかなくなった。完全な行きづまりだ……」

部屋の中で、やせた小柄《こがら》な男が言った。彼《かれ》の妻《つま》はまゆをひそめて聞く。

「なんとか手の打ちようはないの」

「だめだ。ありとあらゆる方法を考えてみたが、もう、みこみはない。もとの景気に回復させることは不可能だ」

男は理性的な口調だった。それだけに、事態の悪化についての説得力は一段《いちだん》と強かった。彼はちょっと口をつぐむ。目に見えぬなにものかが走り抜《ぬ》けるような瞬間《しゅんかん》のあと、男は言った。

「こうなってしまったからには、生きているわけにいかない。死ぬつもりだ。おまえもいっしょに死んでくれ。そして、子供《こども》たちもだ……」

妻は青ざめる。しかし、取り乱《みだ》しはしなかった。夫の性格についてよく知っている。さからってもしようがない。それに、いずれこう言い出すのではないかと、前々から予想はしていた。

「そうおっしゃったからには、あなた、その通りになさるつもりね」

「そうだ。おれはいままで、家庭内で決して無茶なことは言わなかった」

「ええ、あたしにとってはいい夫、幼《おさな》い娘《むすめ》たちにとってはいい父親でしたわ」

「そのおれの、最初にして最後、一回きりのわがままだ。ひどすぎるとは知っている。しかし、おれのたのみに従《したが》ってくれ」

「あたしは覚悟《かくご》してますわ。でも……」

「なにか不満でもあるのか」

「いいえ。死ぬのはしかたないにしても、自分をなっとくさせて死にたいの。あなたの口からその説明を聞いて……」

「娘たちはどうしている」

と男が聞いた。その時、さすがに彼《かれ》の顔は少しゆがんだ。

「みんな、むこうの部屋で眠《ねむ》ってますわ」

「そうか……」

それについての会話は、これで終った。幼い娘たちに事情を話したところで、理解してもらえるわけがない。眠っているまま、苦しませることなく、あの世へ連れていったほうがいいのだ。妻はさっきの話のつづきを口にした。

「あなたのお仕事、宣伝《せんでん》に関することだったわけでしょう」

「そうだ。おれは宣伝の仕事が好きだった。ずいぶん熱心に働いたな。それがおれの生きがいだった」

「宣伝をしただけなのに、そんなにまでして責任をとらなければならないの」

「おれはそう思う」

「世の中には副作用をともなう薬もあるし、危険性《きけんせい》のある家庭用品もあるわ。それで被《ひ》害《がい》を受ける人もある。だけど、それらを普及《ふきゅう》させる宣伝《せんでん》を受け持った者が、そこまで責任をとった例なんて……」

「そういう弁解も成り立つかもしれない。あるいは、それで許されるかもしれない。しかし、なあ、おれは商品にほれこんでしまっていたのだ。金もうけだけの、いいかげんなうけおい仕事だったら、その逃《に》げ口上《こうじょう》をおれもしゃべるよ。だが、おれはそれ以上に深入りしてしまった。なんとしてでも、世界の一流品として売り込《こ》もうと、損得ぬきでのめりこんでしまったのだ」

「あなたって、仕事の鬼《おに》だったわね。男の人ってそういうものなの……」

「さあ、男がすべてそうかどうかは、おれにもわからない。いずれにせよ、おれはひたすら仕事にはげんだ。やりがいがあって、楽しかったな。なにしろ、たちまちのうちに、あらゆる人の頭のなかに、その名を押《お》し込んでしまったのだから」

「あたしも思い出すわ。みごとだったわね。新聞、ポスター、電波、パンフレット、音

楽、パレード、集会、パーティー、展示会《てんじかい》、シンボル・マーク。はなやかな活気。少年、女性から老人まで、あらゆる年齢層《ねんれいそう》に訴《うった》えかけたわね」

「あのころは、なにをやっても、面白いように効果があがった」

男は過去《かこ》をなつかしむように、歌を口ずさんだ。かつて宣伝用《せんでんよう》に作った曲だった。こうなってしまった今も、そのメロディーだけは明るかった。それに気づき、男はにが笑いして口をつぐむ。妻が言った。

「あのまま、うまくいっていればねえ」

「世の中、そうはいかないものだったようだ。欠陥《けっかん》のない商品なんか、ありえない。あるとすれば、金銭ぐらいかな。金銭をあちこち動かし、地味で安全に利益を得ていれば、これは長つづきするだろう。しかし、あいにくおれは、そういう人種とちがっていた。特定の商品に、ほれこんでしまった。そのため、壁《かべ》にぶつかってしまったというわけさ。それにしても、こんなに早くぶち当るとはね。万一の場合を考え、保険の意味で、ほかに何種かの商品を手がけていればよかったのかもしれなかったが……」

「あなたの性格じゃ、むりだったわ」

「そうだ。だから、おれはべつに後悔《こうかい》もしていない。おれは、これが世のためになると信じてやったことなのだ。結果は思わしくなかったがね。もっとも、そこが問題だ。世の人は、結果からしかものを見ない」

「あなたに言っても無意味なことはわかっているけど、夜逃《よに》げという方法もあるのよ。お金だってないわけじゃないし……」

「知っているよ。夜逃げするやつは、過去にもあったろうし、これからもあることだろう。しかし、おれはやらない。おれの立場、いや心境として、それをやるべきではないことも知っているのだ」

「いったい、有害な結果が発生した場合、責任を問われるべきなのは、商品のほうなのかしら、宣伝した者のほうなのかしら」

「それはわからん。いくら議論《ぎろん》したって、結論《けつろん》は出ないだろう。あるいは、商品に飛びついた大衆《たいしゅう》に、最終的な責任があるのかもしれない。しかし、それはおれの口にすべきことではない。おれは宣伝《せんでん》をしてしまったのだ。そのつぐないをしなければならない……」

しばらくの沈黙《ちんもく》の末、妻が言った。

「それにしても、子供《こども》たちまで道づれにしなければならないの。罪はないと思うんだけど。それなりの人生を歩ませてやりたいとも思うわ」

「そうも考えた。しかし、おれの宣伝した商品が不完全だったために、多くの家庭の幼《おさな》い子供たちの命も奪《うば》ってしまった。そのことを考えると……」

「あなたって、ずいぶん責任感が強い……」

「強いのは、エゴイズムのほうなのかもしれないよ。そう批難《ひなん》するやつも出るだろうさ。なんだか、ずいぶん話しこんでしまった。もう、これぐらいで幕《まく》にするか」

「ええ」

男は部屋のベルを押《お》し、医者を呼《よ》んで言った。

「すまんが、眠《ねむ》っている子供たちに注射《ちゅうしゃ》をしてやってくれないか。苦しまずに死ねる薬をな」

「はい」

その医者を引きとめ、妻がたのんだ。

「その前に、あたしにその注射をしていただけないかしら」

「はい、奥《おく》さま」

注射を受けながら、妻が言った。

「人生をやりなおせるものなら、もっと別なものの宣伝をしたかったわね。ヒットラーなんかじゃなく……」

妻が息を引きとるのをたしかめ、ナチの宣伝大臣ゲッベルスは、拳銃《けんじゅう》で自分自身をうった。

つきまとう男たち

朝、おれが寝床《ねどこ》のなかでうつらうつらしていると、入口のベルが鳴る。

おれは郊外《こうがい》にあるマンションの小さな部屋に住んでいる。つとめ人で、まだ独身。気楽な生活といいたいところだが、毎朝このベルで目をさまさせられてしまう。もっと寝床のなかにいたいのだが、起きないでいると、ベルは鳴りつづけなのだ。

ぼやきながら立ちあがり、ドアをあけると、そこに立っている男が言う。

「もうそろそろ、お起きになりませんと、会社に遅刻《ちこく》なさってしまいます」

ネクタイをしめた、きちんとした身なりの男。もっとも、むりをしてそんな服装《ふくそう》をしているので、どこかしっくりしない。目つきもよくない。それをかくすためか、伏目《ふしめ》がちだ。苦心していねいな言葉を使っているので、ぎこちない口調だ。

「わかっているよ」

おれが答えると、男は頭を下げ、部屋のなかに入ってくる。そして、冷蔵庫《れいぞうこ》をあけ、卵《たまご》を手のひらにのせて言う。

「少し古くなっているようでございます。きょうあたり、新しいのをお買いになるほうがいいと……」

こいつは、おれがトーストとコーヒーと目玉焼とで朝食をすますことを、おぼえてしまっているのだ。

「そうするよ」

おれはフライパンの上で卵を割《わ》る。やつはのぞきこみ、安心の表情になった。コーヒーの湯のわくのを待つあいだに一服と、おれはタバコをくわえて、火をつけた。

「あ、朝食前の喫煙《きつえん》は、健康のために、なるべくならおやめに……」

「ああだこうだと、いちいちうるさいね。そのたぐいも、消化のために、いいことではないぜ。出てってくれよ」

「はい。では、またのちほど……」

男はドアをあけ、あたりに人影《ひとかげ》のないのをたしかめ、出ていった。おれは朝食をすませ、歯をみがき、ひげをそり、服を着た。出勤《しゅっきん》しなければならない。

いつのまにか、さっきの男がそばへやってきて、いっしょに歩いている。こう話しかけてきた。

「おや、お顔に傷《きず》が。カミソリの扱《あつか》いにはご注意下さい。そこから病気の菌《きん》が入り、悪化したりすると……」

「たいしたことはないよ」

「しかし、万一ということも……」

男は歩きながら、カバンから薬を出し、ぬってくれた。十字路のある地点に近づく。男はかけ出し、横から車やオートバイの来ないことを確認《かくにん》し、おれに合図してくれる。だから、交通事故に会う心配はないのだ。そいつは、こうも言う。

「むこうの道を、おまわりになって下さい」

「なぜだ」

「この先でビルの建築工事がはじまりました。もし、上からなにかが落ちてきて、ぶつかったりすると……」

「そんなことで死んだ例なんか、あまり聞いたことがないぜ」

「しかし、万一ということもございます」

「わかったよ」

その忠告《ちゅうこく》に従《したが》ってやる。おれは駅から、満員の通勤《つうきん》電車に乗り込《こ》む。そいつもあとにつづき、耳もとでこうささやく。

「どうぞ、もう少しなかのほうにお移り下さい。進行中に不意にドアが開いたりしたら、大変なことになります」

「大丈夫《だいじょうぶ》だよ」

「しかし、可能性ゼロではございません。安全なほうを選ぶべきだと……」

「電車がゆれ、おれの手が窓《まど》ガラスを破り、それで大けがをすることだって考えられるぜ」

「そんな場合にそなえ、このカバンのなかには応急手当てのセットが用意してございます。この沿線《えんせん》、どこにどんな病院があるかも調べてあります」

会社へつく。男はカバンのなかから小さな品を出し、おれに渡《わた》して言う。

「これをポケットのなかにお入れになっていて下さい。製作を急がせていたのですが、やっと完成しました」

「なんだい、これは……」

「非常ベルでございます。緊急《きんきゅう》の場合にボタンをお押《お》し下さい。その電波を受信し、わたくし、あるいはほかのだれかが、二分以内にかけつけます。身の危険《きけん》をお感じになられたら、すぐお使いねがいます」

「それはそれは……」

「では、お気をつけて……」

おれは会社のなかの、自分の机《つくえ》にむかう。しかし、これで解放されたというわけではない。となりのビルの一室、やつらはそこを借り切り、望遠鏡でおれを監視《かんし》しているのだ。

おれは、自分でも優秀《ゆうしゅう》な社員とは思っていない。へまをやるし、上役によくおこられる。それは仕方ないが、そのありさまをやつらに見られているのだと思うと、あまりいい気分ではない。そういう点に関しては、やつらはまるで手を貸してくれないのだ。

「仕事のミスが少なくなったな。そのかわり、スピードが落ちたようだが」

事情を知らない同僚《どうりょう》は、おれにそんなことを言う。

お昼になる。おれは食事をするために、会社を出る。またも男があらわれた。さっきのやつとはちがうが、一味であることに変りはない。そいつはおれにささやく。

「いつものレストランは、およしなさい。コックがかわりました。腕前《うでまえ》はまだ不明です。また、ひそかに調査したところによると、調理場が清潔でなく、仕入れの材料も新鮮《しんせん》とはいえません」

「どうしてもその店で食いたいと主張したら、どうする。そして、万一、食中毒になったら……」

おれが思いついてからかうと、男は悲しげな表情になった。

「むりにおとめはいたしません。それにそなえ、食中毒用の薬品も用意してあります。しかし、わたしの身にもなって下さいよ。どんなにはらはらする心境か……」

「わかっているよ。ご忠告《ちゅうこく》に従《したが》おう。で、どこの店ならいい」

「ありがとうございます。どうぞ、こちらへ……」

男はほっとした表情になる。

一日中、ずっとこんなぐあいなのだ。気づまりでしようがない。帰りに一杯《いっぱい》やりたくもなる。しかし、そこでも同様なのだ。

バーのなかで、男は少しはなれた席につき、ジュースを飲みながら、おれから目を離《はな》さない。声をかけてみる。

「いっしょに飲まないか。好きなんだろう」

「好きは好きですが、いま飲むわけにはいきません。おわかりのくせに」

おれが出ると、やつも出る。

「お酔《よ》いになりましたな。足もとにお気をつけて。倒《たお》れて頭でも打ったらと思うと、気が気じゃありません」

「わかっているよ。大丈夫《だいじょうぶ》だ」

「酔っぱらいの大丈夫は、あてになりませんからね。わたしは神経がくたくたですよ」

そして、おれの部屋までついてきて、火の元やガス栓《せん》のしまつを確認《かくにん》し、引きあげてゆく。おれは言った。

「おやすみ。しかし、こんな生活、いいかげんで終りにしてくれないかな」

「そうはいきませんよ。ボスの命令なんですから」

おれが眠《ねむ》っているあいだも、やつらは休まない。交代したつぎの男が、近くで夜中じゅう待機しているにちがいない。この建物が火事にでもなったら、たちまち飛びこんできて、おれを助け出してくれるだろう。

ことの起りはこうだった。

ある日の夕方、おれが公園の池のそばに立っていた時だ。ひとりの紳士《しんし》が歩いてきて、ベンチにすわっている男に話しかけた。

「お待たせした。ところで、例の件だが……」

しかし、返事はなく、紳士は男の手にさわり、すぐ大声をあげた。

「……や、これは、なんとしたことだ」

そして、うろたえたようすであたりを見まわし、おれが近くにいるのに気づき、おれを呼《よ》んだ。

「ちょっと、ちょっと。あなた、ここへ来てみて下さい」

「なんでしょう」

「この人は死んでいる」

おれは、ひたいにさわって言った。

「そのようですな。つめたい。救急車を呼《よ》びましょうか」

「もう手おくれだ。それに、わたしは変なことにかかわりあいたくないのだ」

「ぼくだってそうですよ。早いところ立ち去りましょう」

「それがいい。しかし、あなたと少しだけ話をしたい。時間はとらせない」

公園を出ると、喫茶店《きっさてん》があった。椅子《いす》にかけると、相手は真剣《しんけん》な声で言った。

「わたしの立場を理解してもらいたい」

「なんです、あらたまって」

「いま、ベンチで男が死んでいた」

「そうですよ」

「あなたは、あの男をわたしが殺したのでないことを知っている」

「そうですよ。あんな大声は、演技じゃ出せません」

「ありがたい。あんなことに出っくわすとは、きょうはとてつもなく不運な日だった。しかし、あなたがいあわせてくれたのは、この上ない幸運……」

「なにがどうなってるのやら……」

「じつは……」

その紳士《しんし》は事情を打ちあけた。彼《かれ》は巨大《きょだい》な犯罪組織を支配するボスだった。そして、ベンチの上の死者は、それに対立する組織のボスだったのだそうだ。和解のために話しあうべく、公園で二人だけで会うことになった。

「……それが、あんなことになってしまった。このことが表ざたになったら、殺害ということで、ひとさわぎになる」

「そんなに心配だったら、警察《けいさつ》へ届《とど》け出たらどうです」

「警察が苦手なことぐらい、あなたにもわかるでしょう。警察は、まずわたしを容疑者《ようぎしゃ》にする。留置《りゅうち》されでもしたら、そのあいだに組織はがたがたになり、大損害だ。また、いいチャンスだとばかり、本部の書類の押収《おうしゅう》にかかるだろう」

頭をかかえる相手を、おれはなぐさめた。

「裁判《さいばん》の時に、ぼくが証言してあげますよ。あなたが殺したのじゃないと」

「しかし、それまでが大変だよ。待ってましたとばかり、新聞がでかでかと書き立てる。注目の的になっては困《こま》るのだよ、わたしのやっている仕事のたぐいはね」

「そういうものでしょうな」

「週刊誌《しゅうかんし》のなかには、対立する組織に報復をそそのかすような記事をのせるのが出るかもしれない。だから、できるだけ表ざたにしたくないのだ」

「苦しいところですね」

「しかし、最悪の場合の用意もしておかなければならない。いよいよとなったら、あなたにわたしの無実を証言してもらいたいのだ。アリバイ工作が、できないわけじゃない。しかし、わたしの子分たちの証言となると、あまり信用されないだろう。そこへゆくと、あなたは善良《ぜんりょう》な一市民だ。立派《りっぱ》な証言となる。つまり、あなたはわたしにとって、かけがえのない人物といえる」

「そういえば、そういうことになりますね」

「あなたに死なれでもしたら一大事だ」

「そう簡単《かんたん》には死にませんよ」

「わたしは絶対にあなたを死なせない。わたしの組織の存在《そんざい》にかかわるからだ」

そのあげく、こんなふうになってしまったのだ。犯罪組織に追われるという男は、時どき小説やテレビにあらわれるが、その逆の形になってしまった。その犯罪組織は、おれの生命を心配してくれているのだ。しかし、こうまで徹底《てってい》したものになるとは……。

何人かの子分が、おれの保護の仕事の専属《せんぞく》となり、二十四時間、ずっとそれにかかりっきりだ。

おれは会社の上役に命ぜられ、地方へ出張することもある。そんな時も、組織の人員が三人ほどくっついてくる。

「旅行ぐらい、気ままにさせてくれよ」

「だめです。これはボスの命令なんですから。あなたにもしものことがあったら、われわれ、どんな処罰《しょばつ》をくうことか。旅行先というものは、事故にあう率が高いそうです。

だから、それだけ緊張《きんちょう》します」

「肩《かた》がこる思いだぜ」

「緊張するのは、われわれだけ。あなたは気楽になさっていてよろしいのです。われわれがそばでそれだけ注意をしますから」

みな、目立たぬ地味な服を着て、おれにくっついてくるのだ。やつらにすれば、大変な努力だろう。犯罪組織のなかで、最も面白くない役割《やくわ》りにちがいない。おれは言ってみる。

「この地区での販売状況《はんばいじょうきょう》を調べるための出張なのだ。めんどくさくてならない。どうだ、手伝ってくれないか」

「それはだめです。金銭、物質、労力、いかなる形での援助《えんじょ》もできません。ゆきずりの人の好意以上のものはね。それをやると、買収《ばいしゅう》になります。うそ発見器であなたが調べられた時、買収されたという反応が少しでも出ると、証人としての価値《かち》がなくなります。あなたはこれまで、われわれに買収されたとお感じになったことがありますか」

「ないね。だいたい、少しもいい目に会ってないじゃないか」

「だから、いいのです。会社のお仕事は、ご自分でおやり下さい。われわれの組織にとって貴重《きちょう》なのは、あなたの生命だけなのです」

というぐあい。まったく、どうしようもないことなのだ。

こんな日がつづくのだから、おれだっていらいらしてくる。それを発散させようがない。バーで酔《よ》っぱらい、となりの客にからみたくもなる。

「いい気分でお酔いのようですな。しかし、世の中には苦しんでいる人もいるんですよ」

「なんだと。よけいなおせわだ。そんな文句《もんく》は新聞の投書欄《とうしょらん》に送れ。それとも、けんかを売る気か」

「買えないでしょう」

「言わせておくと、不愉快《ふゆかい》になるばかりだ。よし、おもてへ出ろ」

しかし、それ以上には発展《はってん》しないのだ。いままで知らん顔をしていた子分たちが、たちまち仲裁《ちゅうさい》に入ってくる。

「まあ、まあ、まあ、まあ。許してあげて下さい。この人は酒ぐせが悪いのです。ご気分をなおすために、いいところへご案内いたします」

と相手にむかって平あやまり。どこかへ連れていってしまう。おれは組織にごちそうされたことがないのに。

残った子分に、おれは文句を言う。

「けんかぐらい、たまにはやらせてくれ。負けはしない。おれは柔道《じゅうどう》が強いのだ」

「なおいけません。生兵法《なまびょうほう》はけがのもとです」

「おれは、すかっとしたいのだ」

「がまんして下さい。万一ということもあります。すかっとしたいのでしたら、わたしをおなぐり下さい。それでお気が晴れるのでしたら、ご遠慮《えんりょ》なく、思いきりなさってけっこうです。報告すれば、ボスからそれだけボーナスも出ます。さあ、どうぞ」

「そんな気になれるものか」

ボスが完全に支配している犯罪組織。その一員ともなると、このような妙《みょう》な仕事もやらざるをえないのだ。おれは暴力団員に暴力をふるえるわけだが、こうご自由にとなると、ちっとも刺激《しげき》がない。

最初のうちは面白くないこともなかったが、こうつづくと、うんざりする。バーの女をくどきたくもなる。しかし、たちまち忠告《ちゅうこく》されてしまう。

「お願いです。軽率なことはおやめ下さい。あなたは、あくまで善良《ぜんりょう》な一市民でいていただかなくては困《こま》るのです」

「じゃあ、女をせわしろ。組織の力を以《もっ》てすれば、それぐらいはできるだろう」

「ちょっとお待ち下さい。ボスに聞いてみますから……」

子分は電話をかけに行き、戻《もど》ってきて報告する。

「……できないことはございませんが、やはり買収《ばいしゅう》ということになりかねないので、思いとどまっていただきたいとのことです」

「それなら、どうすればいいんだ」

「恋愛《れんあい》なり見合いなりで、健全な結婚《けっこん》をなさるのが一番でございましょう」

「犯罪組織から、そんな忠告をされるとはね。こう監視《かんし》されてちゃ、恋愛もできない。くそ、おれにはなにも許されないというわけか」

おれは石ころを拾い、どこかに投げようとした。たちまちとびつかれる。

「おやめ下さい。犯罪だけは困ります。警察《けいさつ》につかまると、あなたは要注意人物になる。証人としての価値《かち》がへるのです。善良《ぜんりょう》な市民でなくなります」

犯罪組織によって、がんじからめ。おれはなにひとつ好きなことができない。いっそのこと、その組織の一員にしてもらえたらと思うが、とてもむりだ。そうなったら善良な市民でなくなるのだ。そのくせ、金をくれるわけでもない。おれには善良以外の、どんな行動も許されないのだ。

こんな生活は、もうたくさん。

しかし、このごろ、ちょっと変化があらわれはじめた。公園のベンチの死者、その支配下の犯罪組織が、うすうす事情を察しはじめたのだ。つまり、おれという唯一《ゆいいつ》の証人を消し、容疑者《ようぎしゃ》として、警察へボスを密告《みっこく》すれば、こっちの組織は一挙《いっきょ》に弱まってしまうと。

それにはまず、おれを事故死に見せかけて殺すことだ。その計画を聞きこんだためか、おれのまわりのボディガードたちも強化された。人員もふやされた。しかし、むこうだって、だまってはいまい。プロの殺し屋をやとうことだろう。どこまでエスカレートするだろうか。

これは、ちょっとしたみものになりそうだ。命を賭《か》けて見物する価値はある。やられて、もともとなのだ。

そもそも、あの公園のベンチの男。歩いていてぶつかったのが原因で口論《こうろん》となり、おれがかっとなって投げ飛ばしたら、打ちどころが悪くて死んでしまった。そこで、ベンチに腰《こし》かけさせ、そっと逃《に》げようとしていたところだったのだ。

背中《せなか》の音

郊外《こうがい》の駅のそばに、小さなおでん屋があった。五十歳《さい》ぐらいのおやじと、それより少し若《わか》いおかみさんとで経営している。

夕方、三十歳ぐらいの男が入ってきた。それを見て、おやじは声をかける。

「いらっしゃいませ。これはお珍《めずら》しい。まったく、久しぶりのことで……」

「ああ」

「むりもありませんやね。いい奥《おく》さんがおありなんですから。会社の帰りに、こんなところで飲むことはありませんものね」

「ああ……」

「ほんとに、よくできた奥さんだ。このへんで、もっぱらの評判ですよ。おたくは大家族でしたね。ご両親が健在《けんざい》、弟さんがひとり、妹さんが三人。そんなところへ嫁《よめ》にいらっしゃって、うまくやっておいでだ。いまどきの女性としては、珍しい」

ほかにお客はいなかった。おやじはしきりにほめ、男はうなずく。

「ああ……」

「もっとも、ご両親もご立派《りっぱ》ですね。お父さまは、大会社の部長さんでしたね。古風なよさを残しながら、若《わか》い者の考え方にも理解を示すことができる。大奥《おおおく》さまも、しっかりしておいでだ。長男の嫁を、わが娘《むすめ》以上にかわいがっておられる」

「ああ……」

「弟さんは大学生でしたね。まじめな青年だ。兄嫁《あによめ》に対して、妙《みょう》な気を起すことなく、ちゃんと敬意《けいい》を払《はら》っている。兄弟で人生や社会を論《ろん》ずることがあるそうですね。それも、軽薄《けいはく》にならず、といって、深刻《しんこく》にもおちいらない。ほどほどのところで、とどまっている。お父さまは、それをそばで、にこにことお聞きに……」

「ああ……」

「妹さんたちは、上のほうが純情《じゅんじょう》で、下になるにつれ、お茶目……」

「ああ……」

「家庭内にいざこざなど、まったくない」

「そんなことはないよ」

と、男ははじめて首をふった。

「しかし、それは必ず、ちょっとした誤解《ごかい》にもとづくもの。いつも、だれかの力で理解にいたり、めでたく解決。ほんとに、幸福なご家庭ですね」

「まあね。そんな話より、早く酒を」

男にさいそくされ、おやじは急いだ。

「これは失礼。さ、どうぞ、どうぞ。きょうは、ボーナスかなんか出たんですか」

「ああ……」

「それなら、まっすぐお帰りになればいいのに。なぜ、酔《よ》おうなんて気になったのです。

あんないいご家庭に、波風が立ってはと、こっちの気がもめますよ」

「酔いたくなった原因ねえ。どう形容したものかな。わからないねえ。ぼくの心境。幸福すぎる、平凡《へいぼん》、マンネリ。そう。なにか型にはまりすぎている感じ……」

「なるほどね。第三者から見ると、幸福そのものみたいだが、当事者にはそれなりの不満もあるというわけですな」

おやじは首をかしげ、男はうまそうに三杯《ばい》ほど、つづけて口にした。

「たとえばだね。わが家の茶の間だ。しょっちゅう、だれかがそこにいて、お菓子《かし》をつまんで、お茶を飲んでいやがる。わが家庭のお茶の消費量は、かなりなものだ。そして、話題といえば、いかにおたがい理解しあい、愛情にみちているかを、確認《かくにん》するようなことばかり」

「だから、たまにはお茶でなく、お酒を飲みたくなる……」

「そういうわけさ。弟のやつが不良にでもなれば面白いんだが、せいぜいギターをひく程度。それも、古い童謡《どうよう》とくる。そりゃあ、両親は喜ぶよ。お茶目な妹が、それにあわせて歌いやがる。健全そのものだ」

「極楽に永住している感じですな。しかし、あなたも立派《りっぱ》だ。よくつとめていらっしゃる。昼間は、企業《きぎょう》という機構のなかの、ひとつの部品。帰宅《きたく》すれば、家庭という機構のなかの、ひとつの部品。考えてみると、大変なことですね。そのつらさを、なんで発散なさっておいでなんです」

「なんにもない」

「しかし、気ばらしがないというのは、なんとなく異常《いじょう》……」

「そのせいかもしれない。いや、ちがうかな。よくわからないが、からだに異常がおこりはじめた」

「そうでしたか。やはり、いけませんな。胃痛《いつう》ですか、心臓《しんぞう》ですか、まさか狂気《きょうき》じゃないでしょうね」

「そんなたぐいじゃない。いぼのようなものが、背中《せなか》にできた。痛《いた》くはないが、大きくなった。ちょうど、手のとどかない部分。よく見ることもできない。合わせ鏡でうつせばいいんだろうが、そんなのを家庭内でみつかったら、いまのムードがぶちこわしになる。そんなこともあって、久しぶりに酒を飲みたくなったわけさ」

「妙《みょう》な症状《しょうじょう》ですな。好奇心《こうきしん》がそそられます。見せていただけませんか」

「いいよ……」

男は上着を、つぎにワイシャツをぬぎはじめた。おでん屋のおやじは話しつづける。

「ボーナスの日の帰りに、酔《よ》って帰る。そこでひとさわぎ。しかし、最後にみな理解しあい、めでたく終るんでしょう」

「そうなるだろうな」

「家庭というものの持つ、おそるべき魔力《まりょく》。まさに、典型的なホームドラマだ」

「そんなことより、背中をよく見て、どうなっているか説明してくれよ」

男は下着をぬいだ。おやじはながめる。

「ううん。こんなものがね……」

「どんな感じだ」

「どう形容したらいいかな。第一印象として、さわりたい衝動《しょうどう》にかられますね。さらに、ひねってみたくなる。なぜだかわかりませんが」

「いいよ、いじりたければ、いじっても」

「それじゃあ……」

ちょっとためらったものの、おやじは手をのばし、男の背中《せなか》のいぼにさわり、ひねってみた。

男の頭のなかで〈ガチャッ〉というような響《ひび》きがおこった。と同時に、男の顔はひきしまった表情になった。

「痛《いた》かったのでは……」

そう聞くおやじに、男は言った。

「勘定《かんじょう》はいくらだ」

「もうお帰りなんですか」

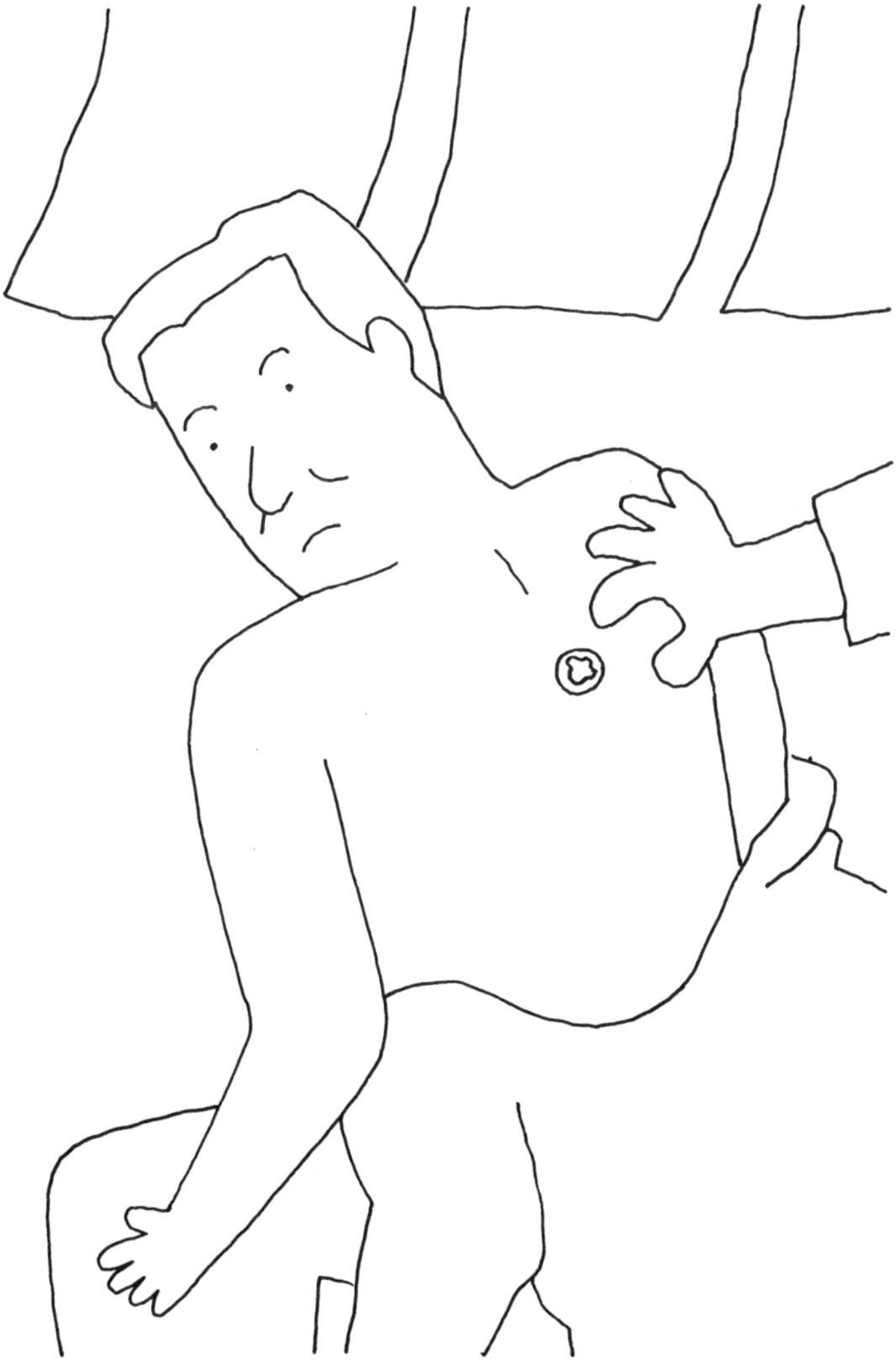

77　背中の音

「列車に乗らなくちゃならない。夜汽車だ。あばよ」

「カバンをお忘《わす》れです」

「そんなやぼなもの、持てるものか……」

男はおでん屋を出て、タクシーで駅にむかい、旅に出た。列車内で眠《ねむ》り、つぎの朝、下車。

ある港町だった。町はずれの丘《おか》にのぼってみる。景色は悪くなかった。波止場《はとば》があり、中ぐらいの船が何隻《なんせき》かとまっている。倉庫が並《なら》び、むこうには灯台。海と空は青く美しく、カモメたちが舞《ま》っていた。

「いいところだ。ここにはロマンがあるにちがいない。いい気分だぜ」

男はつぶやき、夕ぐれとともに町へ戻《もど》り、一軒《けん》の小さなバーに入った。時間が早いせいか、ほかに客はなかった。

カウンターのむこうに、マダムがいた。二十六歳《さい》ぐらいか、美しく、気が強そうだった。しかし、どこか憂《うれ》いをふくんでいる。過去にどんな人生をせおっているのか、なぞめいたムードを持っていた。

「お客さん、この土地のかたじゃないようね」

マダムはウイスキーをつぎながら言い、男はものうげに答えた。

「ああ、けさついたばかりだ」

「会社のお仕事かなにかで……」

「そんなものじゃない。なぜか、ふと旅に出たくなった。そういう性分《しょうぶん》なんだな。そして、この町で、むしょうにおりたくなった。ここに招き寄せられたような気分さ」

「まあ、面白いかた……」

マダムは、男の言葉の意味を判断しかね、あたりさわりのない応対をした。しかし、その一方、警戒心《けいかいしん》もいだいているようすだった。

そこへ、二人の若者《わかもの》が入ってきた。趣味《しゅみ》のよくない服装《ふくそう》で、飲みはじめるとすぐ、へたな歌を大声でわめきはじめた。

「きみたち、少し静かにしてくれないかね。せっかくの酒の味がまずくなる」

男はたしなめた。すると、二人の若者がからんできた。

「なんだと。やい、てめえは、どこの組の者だ」

「なんのことだ、その組とかいうのは」

「だったら、おとなしくしていやがれ。このへんはな、コロナ興業の縄張《なわば》りだ。でかい顔をすると、ただじゃすまんぜ」

「どうなるっていうんだね」

「こうさ……」

二人は飛びかかってきた。男は身をかわし、ひとりをなぐりつけ、ひとりを投げ飛ばした。

「おぼえていやがれ……」

捨《す》てぜりふを残して逃《に》げる二人を見ながら、男はマダムに聞く。

「わけがわからん。どうなっているんだ。なんだい、あいつら」

「このへんを支配している連中よ。コロナ興業って、じつは昔、あたしの父が経営していたの。そのころは、まともだったわ。でも、父が病死したあと、共同経営者のひとり、悪いやつに乗っ取られちゃってね……」

「そうだったのか。気の毒だな」

「だから、いま胸《むね》がすかっとしたわ。あなたって、強いのねえ」

「さあ、どうかな」

「さっき、引き寄せられるような気分で、この町に来たって言ってたわね。もしかしたら……」

「おっと、あんまりせんさくしないでくれよ。今夜はまず、ホテルでひと休みだ。ついてすぐ事件に巻《ま》き込《こ》まれるなんて、早すぎる」

「そうも言っていられないんじゃないかしら」

マダムの声をうしろに、男は店を出る。夜霧《よぎり》が流れ、どこからか音楽が聞こえた。しかし、ムードにひたるわけにはいかなかった。男は暗がりからあらわれた数人に襲《おそ》われた。三人まで投げ飛ばしたが、拳銃《けんじゅう》をつきつけられては、いちおう観念せざるをえなかった。しばりあげられる。ボスらしいのが命じた。

「こいつを、そこの倉庫のなかにほうりこんでおけ。手ごわいやつだから、気をつけろ。だれかひとり見張っていろ。目をはなすんじゃねえぞ」

裸電球《はだかでんきゅう》のともる、倉庫のすみの椅子《いす》に、男はすわらされた。見張りの子分に話しかける。

「水を一杯《いっぱい》くれ。逃《に》げたりはしない」

子分はくんできて、飲ませてくれた。

「こう見張っているのは、退屈《たいくつ》でならねえな。下っぱは、つまらん仕事しかやらせてもらえねえ」

「そういう一員も必要なのさ。だれもがボスになれたら、大混乱《だいこんらん》だぜ」

「それもそうだな。しかし、あんた、正体はなにものなんだね」

「コロナ興業とやらは、どう思ってるんだ」

「あのバーのマダムの、兄じゃないかとね。コロナ興業の死んだ前社長には、男の子があった。十五年ぐらい前に、勉強のためにと、都会へ出ていった。それ以来、連絡《れんらく》もなく、ずっと帰ってこない。アメリカに留学したとかいう、うわさもある。むこうの警察《けいさつ》学校へ入ったとか。それが戻《もど》ってきたんじゃないかと、みな大さわぎさ。どうなんだい」

「さあね……」

男が言葉をにごすと、子分は顔をしかめた。

「なんだか、いやな予感がするよ。そうとなると、どう展開《てんかい》するか、目に見えてる」

「早く知りたいだろうな。で、はたしてそうかどうか。確認《かくにん》の方法はあるのかね」

「あるとも、背中《せなか》にほくろがあれば、本物だ。気になるな。調べさせてもらうぜ」

子分はナイフで、男の服の背中を切りさき、のぞきこんだ。そこには、いぼがある。

つい、ひねってみたくなるのだった。

〈ガチャッ〉と音がし、チャンネルが切り換《か》えられた。倉庫の戸が開き、数人の男たちが入ってきた。年配のひとりが言う。

「よっ、社長。こんなとこにおいででしたか。おふざけも度がすぎますよ。社長は、かけがえのないかた。輸入品の在庫しらべとかおっしゃって、お帰りがおそいので来てみると、暴力団ごっこ……」

男はとぼけた表情で答える。

「社長というものは、暴力団ごっこをしてはいかんのかね」

「ほかに遊びがないわけじゃない。ゴルフとか、宴会《えんかい》とか、政治家とのつきあいとか、ましなことをなさって下さいよ。それはともかく、早く本社へお戻《もど》り下さいよ。仕事がたまっております。社の軽飛行機が、そこまでお迎《むか》えに来ております」

「仕事か。つまらんが、しかたない」

スマートな軽飛行機は、男をたちまち本社の社長室に連れ帰った。

ビルのなかの広い部屋。床《ゆか》には厚いジュウタン。男はその上で三回ほど、でんぐりがえしをやり、そのあと、ぬいぐるみの大きなクマを抱《だ》きかかえた。入ってきた専務《せんむ》が言う。

「社長、会議をお願いします」

となりが会議室。大きな机《つくえ》。役員たちはそのまわりの普通《ふつう》の椅子《いす》にかけるが、社長はちがうのだ。ズボンを下げ、特別にそこにとりつけられているピンク色の便器に腰《こし》をかけるのだった。そして、男は言う。

「最初はなんだい」

「アフリカで買い付けた鉱石の件です。もっと買いましたものか、それとも売りに出しますか」

「うん、うん。売りだな」

「子会社のオモチャ工場で、なにを作ったものかと迷っておりますが……」

「うん、うん。こういうのはどうか。ゲーム性のあるスポーツ用品だが……」

と、便器にかけた姿勢《しせい》で、さらさらと紙に図を書いて渡《わた》す。専務《せんむ》はかしこまって答える。

「はい、さっそく指示いたします」

会議室につづく部屋では、女子社員が小声でささやきあっている。

「ふしぎなものねえ。うちの社長って、便器にすわると、みごとな才能を発揮《はっき》し、必ず利益をあげ、いままで一度も損をしたことがない。超能力《ちょうのうりょく》っていうんでしょうね」

「そして、それ以外の点に関しては、まるで非常識……」

会議は終り、男は社長の席、すなわち便器から立ちあがり、みなを見わたして言う。

「新しく社内規則をきめようと思う。会社内でお茶を飲むのは、赤い色の茶わんに限り、それ以外は禁止する」

「しかし、社長。社員たちの反対もあるでしょうし、いささか行きすぎかと……」

「いやならいいいんだよ。わたしのほうが辞職する。だれか、なりたい人が社長になればいい」

「それは困《こま》ります。社長。わかりました。赤い色使用の方針《ほうしん》を徹底《てってい》させます」

便器にすわるこの男がいなくなったら、たちまち会社は倒産《とうさん》するのだ。みな失職となる。まさしく喜劇的《きげきてき》な世界だった。

調査統計だの、研究開発だの、コンピューター導入だの、社内の統制だの、いわゆる企業《きぎょう》に必要とされているものが、すべて無視《むし》されている企業。こんなものが、ひとつぐらいあってもいいのだ。

重役や社員たちの仕事は、社長が雲がくれしないよう、気をつけることだった。しかし、外出をむりに制止すると、社長はつむじをまげ、便器にすわらないぞと、だだをこねる。そのかねあいがむずかしい。

男は会社を出る。公園に入り、そこの池に飛びこもうとする。ひそかにあとをつけてきた秘書《ひしょ》が、あわててとめる。

「社長、思いとどまって下さい」

と地面にすわりこんで、頭を下げる。

「あわてるな。自殺するのではない。池の金魚をつかまえてみたいだけなのだ」

「お気持ちはよくわかります。なさりたければ、社のプールに金魚を入れますから」

「いや、この池でやりたいのだ」

「そこをなんとか……」

へたをして警察《けいさつ》につかまり、留置《りゅうち》されでもしたら、会議の時、便器の上の超能力《ちょうのうりょく》が何日か消え、大損失となる。

「とめるな。あのなまいきな金魚のやつらを、このままにしておけるか……」

秘書《ひしょ》は必死にとどめようとする。もみあっているうちに、秘書の手が男の背中《せなか》にふれ、服の上から、いぼを回した。


〈ガチャッ〉とチャンネルが換《か》わった。

男は、そばの者の手を振《ふ》り払《はら》い、かけ出した。思いつめた表情。走り方にもただならぬものがあった。容易なことでは追いつけない。

より細い道へ、明るさのより少ない道へと、男は進路をえらび、足音をたてないよう走る。逃《に》げつづけなければならないのだった。追ってくる相手の人数は多く、決してあきらめてくれない。いつ、どこで待ち伏《ぶ》せしているかもわからず、どんな作戦でやってくるかの予想もつかない。男はただただ逃げまわり、一瞬《いっしゅん》たりとも油断できないのだった。そして、つかまったら最後、死。

夜になる。それはいくらか救いだった。暗ければ、それだけ目立たなくてすむ。相手の連中も、少しは休憩《きゅうけい》したくなっているのではないだろうか。

男は裏通《うらどお》りの、建物のかげに腰《こし》をおろし、ひと息ついた。昼間の疲《つか》れが、全身にひろがる。肉体も精神も、緊張《きんちょう》の連続だった。いつのまにか、うとうとする。眠《ねむ》るな、眠っているあいだに襲《おそ》われたら、どうする。それはわかっているのだが、ねむけは容赦《ようしゃ》なく押《お》し寄《よ》せてくる。

「もしもし……」

声をかけられ、男は飛びあがった。

「知らない。おれはなんにも知らない。おれじゃない」

「なにを言っているんです。酔《よ》っているとも思えないのに。ねぼけているのですか」

「いったい、あなたはだれです」

と、男が不安げに聞くと、相手は答えた。

「刑事《けいじ》です。見まわり中です。尋問《じんもん》というわけではありませんが、なにかようすがおかしいので、声をかけたのです」

「刑事……」

ほっとしながらも、男は警戒《けいかい》の態度をゆるめないで聞く。

「……本物ですか」

警察《けいさつ》手帳を見せ、刑事は質問した。

「なにか事情がありそうですね。お話し下さい」

「わたしは殺されます。助けて下さい」

「それは重大です。原因はなんなのです。いったい、だれに殺されるというのです」

「それは……」

そこで、男の声はつまるのだった。

なにもかも不運だった。ある犯罪組織が人を殺すのを、男は目撃《もくげき》してしまった。そして、目撃したことを、組織に気づかれてしまった。証人は消さなければならない。男の逃走《とうそう》の日々は、そこからはじまった。

ことは、さらに不運だった。凶行《きょうこう》を目撃したショックで、それに関したこととなると、声が出なくなる。軽い精神障害《しょうがい》による、一種の失語症《しつごしょう》なのだった。

「安心してお話し下さい。警察力がまもってあげます」

「それが……」

頭のなかにあることを、表現して他人に伝えられない。もどかしくてならないが、それが症状《しょうじょう》なのだった。刑事は言う。

「ふざけているのですか。人さわがせは困《こま》りますよ」

「いえ。本当なんです。助けて下さい。わたしは殺されるんです」

「そのわけを、お聞きしているんですよ」

「それが……」

声は空白となる。刑事は首をかしげる。

「こっちをからかっているとも思えない。とすると、一種の異常《いじょう》だな。被害妄想《ひがいもうそう》とかいうやつらしい。自分は他人を殺しかねないという精神異常なら、連行して保護する必要もあるだろう。しかし、被害妄想なら、ほっといても、社会に危険《きけん》は及《およ》ばないだろう」

「助けて下さい」

「わかった、わかった。しかし、きみを助けるのは、警察《けいさつ》でなく、病院のほうが適当なようだ」

ああ、またいつもの答え。男はこれまでに何回、警察へ行ったことか。そして、そのたびに、この返答を聞かされ、ていよく追い出されるのだった。友人に対しても同じ。やはり事件のこととなると、どうしようもなく声が出なくなってしまう。文字も、身ぶりもだめ、自分の立場を説明できないのだ。

だから、男にとって協力者はいなかった。ただひとり、逃《に》げつづけなければならない。

一方、犯罪組織のほうは大ぜい。おたがいに連絡《れんらく》をとりあっている。こんなに割《わ》りの合わない、危険なゲームはなかった。

「病院……」

と男は不安げに言う。病院にだって、敵《てき》の手は及《およ》んでいるかもしれない。それを考え、病院へ行くのも注意してきたのだった。しかし、きょうの刑事《けいじ》は親切だった。

「署《しょ》と関係の深い、指定病院がこの近くにある。そこまで連れていってあげよう」

「お願いします……」

しかし、たぶんだめだろう。これも何回か経験していることだ。事件に関し、自分が失語症《しつごしょう》であることの説明ができないのだ。ただの被害妄想あつかいされ、適当に退院させられてしまう。もっとも、万一ということもある。男はそこに期待した。

夜にもかかわらず、刑事の顔を立ててか、医者は診察《しんさつ》してくれた。聴診器《ちょうしんき》を胸《むね》に当て、つぎに背中《せなか》……。

「妙《みょう》ないぼがありますな。こんな形のを見るのは、珍《めずら》しい……」

医者はそれにさわり、まわした。

〈ガチャッ〉とチャンネルが換《か》わる。

「ぼくは、こんなことで時間をつぶしていられない。さがさなければ……」

男は叫《さけ》んだが、医者は鎮静剤《ちんせいざい》を注射《ちゅうしゃ》し、病室に運んで寝《ね》かせた。いまは夜、くわしいことは、あす調べればいい。


男は目をさます。若《わか》く美しい看護婦《かんごふ》が入ってきた。男は言う。

「きみがここにいたとは。ぼくは、ほうぼうさがしまわった。運命とは皮肉なものだな。入院したおかげで、めぐり会えるなんて。それにしても、どうして、ぼくの前から姿《すがた》を消してしまったのだ。愛を誓《ちか》いあった二人なのに、なぜなのだ」

「あたし、あなたの愛が信じられないの」

「なぜ、そんなことを。ぼくの心のなかの人は、きみ以外にいないんだ」

「でも、あたし、見てしまったの……」

「なにを見たんだ」

「あなたが、かわいらしい女の人とつきあっているのを。何度もよ。あなたは、その人にやさしく話しかけ、お金をあげてたわ。だれなの、あの女の人……」

「それは……」

男はだまった。その女は、むかし父とある女性とのあいだにできた子。異母《いぼ》妹という ことになる。しかし、そのことは父の遺言《ゆいごん》で、絶対に秘密《ひみつ》にしなければならないのだった。公表すると、当人を不幸にする。

「はっきり話せないのは、そのかたが好きだからでしょう」

と看護婦が言う。男は愛する人に対し、愛を告げながら、それを信じてもらえず、ただくりかえして叫《さけ》ぶ以外にないのだった。

「ぼくは心から、きみを愛している。信じてくれ」

「じゃあ、あたしの質問に答えて下さる。この病院には、自白剤《じはくざい》があるのよ。その注射をした上で……」

「それは困《こま》る。信じてくれ……」

愛するとか信ずるとかの言葉がくりかえされ、時がたち、医者の回診《かいしん》の時刻《じこく》となる。医者が入ってきた。診察《しんさつ》しながら、背中《せなか》のいぼにさわる。

〈ガチャッ〉とチャンネルが換《か》わった。

芸能週刊誌の記者が病室に入ってきた。

「いかがです、ぐあいは。あなたは歌えなくなった。そのための入院といううわさですが」

男は否定《ひてい》する。

「そんなことはない。声が出ないかどうかは、いずれステージを見ていただければわかる。ちょっとした過労だよ」

「なんの過労なんです。このところ、そう仕事も多くないのに。みどり礼子《れいこ》との恋愛《れんあい》は、そのご、どうなんです。ここで、ひそかに会ってたのじゃないんですか。そうにちがいない。いいニュースだ」

「とんでもない、うそだよ」

「うそでも本当でもいい。可能性さえあれば、スキャンダルは成立するのです。見出しを疑問形《ぎもんけい》にしておけばいいんです。これで四ページの記事ができた」

マネージャーが病室に入ってくる。

「さあ、記者のかたは、もうお引き取り下さい。ここに見舞《みま》いにもらった、高級洋酒セットがある。さしあげますよ……」

と記者を部屋から出し、男に言う。

「……仕事だ、仕事だ。近くの都市で公演だ。すぐ出発してくれ。車の用意はできている。この入院作戦は、うまくいったぜ。週刊誌が、あれこれ推測《すいそく》して書いてくれた。また人気が取り戻《もど》せたというものだ。さあ、早く着がえをして。おや、その背中はどうした」

そこには、見るとさわりたくなるものがあるのだ。

〈ガチャッ〉と、べつなチャンネルになる。

男は車を走らせる。おれは警視庁《けいしちょう》の腕《うで》ききの刑事《けいじ》なのだ。なぜ、刑事という職をえらんだか。そう、そこが重要なんだ。

おれが高校生だった時、強盗《ごうとう》が入り、抵抗《ていこう》した父が殺された。犯人はいまだにあがっていないが、その人相だけは、おれの心に焼きついている。絶対に忘《わす》れられない、絶対に許せない顔だ。おれは大学を出て、ためらうことなく刑事となった。

父を殺した犯人を、自分の手でさがし出す。逮捕《たいほ》するのではない。その場で射殺《しゃさつ》してやるのだ。拳銃《けんじゅう》を公然と使える職業、それが刑事なのだ。かたきの胸《むね》に、おれの手で弾《だん》丸《がん》をうちこんでやる。その日まで、この仕事は決してやめない。

もちろん、それだけで毎日をすごしているのではない。つまらぬ犯人たちを、何人もつかまえてきた。それをやりながら、かたきのゆくえを追っている。

かたきは、どうせ悪の世界に身をかくしているはずだ。けちな泥棒《どろぼう》をつかまえるたびに、おれは、かたきの人相を話し、こんなやつを知らないかと聞く。なかには、知っていると答えるのもあった。それらの手がかりをつみ重ね、おれはかたきを追いつめているのだ。充実《じゅうじつ》した毎日。

しかし、こういったおれの内心は、上司も知らない。気づかれぬように注意しているのだ。知られたら、べつな役に移されるだろう。それが困《こま》るのだ。他の者が逮捕したら、裁判《さいばん》になり、懲役《ちょうえき》ですんでしまうかもしれないからだ。父の無念が晴らせない……。

〈ガチャッ〉

男は高原地帯を眺《なが》めながら、にこやかにしゃべる。

「この、きよらかな自然、さわやかな大気。小川の水はすみきってつめたく、小鳥のさえずりは、おとなに童心をよみがえらせ、さまざまな花は、子供《こども》の美への心を育てます。別荘地《べっそうち》として、ここにまさるものはございません。しかも、お安い価格……」

〈ガチャッ〉

アナウンサーが男に聞く。

「あなたは、大変ふしぎなことがおできになるそうで……」

「ええ、これのできる人は、ほかにいないと思いますよ」

「どんなことでしょう」

「まあ、ごらん下さい……」

男は机《つくえ》の上からゼーム・クリップをつぎつぎにつまみあげ、口に入れ、飲みこんだ。口にふくんでいるのでないことを、大きく口をあけて示した。一分ほどたつ。それらをクサリのようにつなげ、口から引っぱり出してみせた。アナウンサーは驚《おどろ》いてみせる。

「なんと、みごとなこと。どうやって、こんな修行をなさったのです」

「まず、クリップを二つのみこみ、それをつなげる練習です。それがうまくできるようになると、あとは簡単《かんたん》でした」

「そういうものですか。で、本職はなにをおやりなのですか」

「文房具店《ぶんぼうぐてん》をやっております」

「なるほど、なるほど。お店の商品でやってごらんになるわけですな。で、なにかこの特技が役に立つことは……」

「ありませんね。趣味《しゅみ》とは、そういうものじゃないでしょうか。他人にできないことができる。それだけで楽しいんです」

「ごもっとも。人生とは、そこが大切なのかもしれませんね。しかし、お子さまがたは、決して、このまねをなさらないように。このかただけしかできないのですよ」

退場しながら、男はつぶやく。

「まったくだ。まねをされたら、わたしだってつまらなくなるよ……」

〈ガチャッ〉

あるビルの地下の一室で、数名の部下たちに男は言う。

「グルル星からの指示がとどいた。いよいよ、われわれは行動に移らなければならない。

秘密《ひみつ》のうちに、準備にかかるのだ。なにか質問は……」

「しかし、これが成功すると、地球はグルル星の支配下、属国《ぞっこく》になるのでは……」

「その点については、わたしも悩《なや》んだ。しかし、地球の現状はどうだ。地球は一つだなんて、そらぞらしいスローガン。どこもかしこも国家エゴイズムで、勝手なことをやっている。このままだと、遠からず滅亡《めつぼう》。これは断言してもいいことだ」

「その通りです」

「それなのに、だれも手をこまねいている。手をつけずにほろびるか、すぐれた星の指示のもとに、地球をいま根本的にたてなおすか。この二つに一つだ」

「わかりました。滅亡はさけなければいけません」

「その信念でやってくれ。まもなく、グルル星から、すごい兵器の設計図が電送されてくる。それが完成すれば……」

〈ガチャッ〉

男は、前に平伏《へいふく》している家臣たちに言う。

「よきにはからえ」

〈ガチャッ〉

男は深刻《しんこく》そうな表情で言う。

「……政治の貧困《ひんこん》が、このような状態をまねいたというべきで、一刻《いっこく》も早く、きめのこまかい対策《たいさく》が望まれるというわけで……」

〈ガチャッ〉

「なにかご意見がございましたら、ご遠慮《えんりょ》なく……」

〈ガチャッ〉

「一部お聞き苦しい点のあったことを……」

〈ガチャッ〉……〈ガチャッ〉……〈ガチャッ〉

「あ、もげた。もう、まわせないぞ」

男は都心からそう遠くないところに、一軒《けん》の住居をかまえている。妻の実家が資産家であり、このような家を持てたのだ。

つとめ先は、ある中央官庁《ちゅうおうかんちょう》。いい地位にあり、エリートコースを進んでいる。だからこそ、資産家の娘《むすめ》を妻にできたのだ。仕事はよくやり、部下からも尊敬《そんけい》されている。

帰宅《きたく》すると、妻が迎える。

「おかえりなさい。早いのね」

「すばらしい話がある。近く昇進《しょうしん》する。きょう、上役からそっと聞かされた」

「よかったわね。お祝いに、夕食の時に、お酒をつけましょうか」

「ああ。その前に、風呂《ふろ》へ入ろう。坊《ぼう》やもいっしょに入るかい」

小学二年生の男の子だ。お風呂のなかで、坊やが言う。

「パパ。しあわせって、なんのこと」

「いまのようなことさ。なにもかも、ずっとうまくいってきた。これからもそうさ」

「ふうん。あ、パパの背中《せなか》に、あざみたいなのがあるね」

「そうかい」

「まえからあったけど、だんだん小さく、色が薄《うす》くなってきたよ。いまに消えちゃうんだろうね」

「そんなの、どうでもいいことさ。ぐあいのいい毎日じゃないか」

お湯のなかで遊びながら、坊やが聞く。

「ねえ、パパ。なにかのかげんで、いまのくらしが、急にすっかり変ってしまうなんてこと、ない……」

「坊やは妙《みょう》なことを考えるね。そんなこと、起るわけがないじゃないか」

違和感《いわかん》

医者のところへ、ひとりの男がやってきた。四十五歳《さい》ぐらい。自分自身を持てあましているような表情をしていた。また、少しだけ深刻《しんこく》そう、少しだけ悩《なや》ましげ、少しだけふしぎそうなようすでもあった。

「先生、なんとなく、おかしいんです」

「ありうることです。現代では、世の中も個人も、おかしいのが普通《ふつう》といった感じです。ですから、少しぐらいでしたら、くよくよしないことですな」

医者は本気でそう思っているのか、はげますつもりか、こともなげにそう言った。だが、男はなっとくしなかった。

「しかし、気にしはじめてしまったのです。いったん気にしはじめると、もう、きりがなく、とめどなく……」

「いったい、どんなふうなのですか」

「だれかにとりつかれてしまったようなのです。他人にのり移られたとでもいうべきか……」

「では、順序をたてておうかがいしましょう。病症《びょうしょう》をお聞きする前に、まず、あなたの職業を……」

と医者はメモを取る用意をし、男は少し考えてから言った。

「医師には患者《かんじゃ》の秘密《ひみつ》を守る義務があるんでしたね。お話ししましょう。じつは、特殊《とくしゅ》な地位なのです。ミサイルの発射係《はっしゃがかり》。戦争開始の時、そんなことはまあないんでしょうが、絶無《ぜつむ》とも断言できない。それが防衛というものなのでしょう。その万一の時に、上からの命令によって、ミサイルのボタンを押《お》す。その係なんです。どれくらい強力なミサイルで、どこへ飛んで行くのかは知らされていません。それは極秘事項《ごくひじこう》のようです」

「それで生活なさってるわけですね」

「ええ。しかし、ほかの人にわたしの勤務中《きんむちゅう》の心境はわからないでしょう。一日中、とくになにかをするわけでもないのですから……」

男は息をつき、医者はうなずいた。

「実感はできませんが、頭による理解はできますよ。退屈《たいくつ》な退屈な時間のくりかえし。一方、いつ機会が来るかという緊張感《きんちょうかん》。とほうもなく大きな責任。それに、まだある。あなたはボタンを眺《なが》めながら想像するでしょう。これを押《お》すと、その結果、どこでどんなことが起るのかと……」

「そうです。そのほかにも、もっともっと、いろんなことを考えますよ。なにしろ、ひまはいくらでもあるんです。はたから見るとのんきそうでしょうが、精神が疲《つか》れます」

「わかりますよ。つねに重苦しいものがかぶさっているような気分なのでしょう。心のすみで、なにもかも忘《わす》れたいと思いはじめる。それがしだいに大きくなる。どうしようもない現状とのずれを感じる。しかし、どうしようもない。できることなら、別人にな

109　違和感

ってしまいたいと思う。それがさらに強くなり、自分は別人なのだとの観念が固定してくる……」

　医者の説明は論理的《ろんりてき》だった。しかし、男は首をかしげたまま言う。

「そういうのとは、ちょっとちがうのです。その逆というべきでしょうか。なにもかも忘《わす》れたいというのではない。むしろ、思い出したい感じなのです。いまの仕事、たしかに気疲《きづか》れはしますが、そういやでもないんです。複雑なものじゃありませんからね。きょうの仕事を翌日《よくじつ》に持ち越《こ》すこともない。第一、すばらしくいい給料ですよ。家庭では、妻子がわたしを大事にしてくれている」

「それならいいじゃありませんか」

「しかし、どうも変なのです。ずれがある。自分はもともとまったく別な人間なのだが、なにかにとりつかれて、いまの生活に入ってしまったような気がするのです」

「いつから、そんな気分に……」

「そこが、よく説明できないんです。なにしろ、事件らしいもののない、単調な毎日なのですから。思い出す手がかりがない。つい最近からのような、ずっと前からのような……」

「しかし、妻子がおありなんでしょう」

「そうなんです。わたしが内心をふと口にしたら、妻がそれを耳にし、ぜひ先生にみてもらえとすすめました。それでおうかがいしたのです」

「それなら、ずっと前から、いまの仕事をしているわけでしょう。あなたは、たいした症状《しょうじょう》じゃありません。雑念を押《おさ》える薬をさしあげます。しばらくつづけておいでになれば、すぐ全快となりますよ」

「そうでしょうか……」

男は安心と不安、半分ずつぐらいの表情になった。

ちょうどその時、男の妻子がやってきて、医者の部屋へ顔を出した。妻が男に言う。

「なんだか心配なので、お迎《むか》えに来たのよ。あなたは大事なからだなんですもの」

いっしょに来た、二十歳《はたち》ぐらいの娘《むすめ》が言った。

「おとうさん、ぐあいはどうなの」

二人にむかって、男は答える。

「先生のお話だと、たいしたことはないらしい。まもなくよくなるとか……」

医者が夫人に言った。

「そういったところです。しかし、こういうたぐいの症状《しょうじょう》は、当人だけではなおりにくい。周囲、とくに、家族のかたの親身な協力が必要です。そのことについて、奥《おく》さまにご注意したいことが……」

医者は男と娘とに別室で待つよう命じ、夫人と二人だけになった。それを待っていたかのように、夫人が言った。

「本当のところ、どうなんでしょう」

「なにもかも、うまくいきますよ」

「でも、あたし、心配で心配で。ご存知《ぞんじ》のように、高い給料のお仕事でしょう。それを失いたくないんですの」

「高給は当然ですよ。まじめに考えたら、精神的な苦痛《くつう》の連続ですからね。ちょっと、なりてがない。いくら金をもらっても、わたしにはミサイルのボタン係はつとまりそうにない」

「それが原因だったのですわ。わたしの夫が自殺したのも……」

彼女《かのじょ》は言い、医者は目を伏《ふ》せた。

「お気の毒なことでした」

「そのあと、その部門の上司が、かわりの人をみつけてきてくれました。つまり、いまの人。なりてのない、ボタン係。しかし、記憶喪失《きおくそうしつ》の、ちょうどいい年齢《ねんれい》の男がいた……」

「それを連れてきて、暗示を与《あた》え、記憶をつめこみ、奥さまの前のご主人のあとがまに仕上げた。簡単《かんたん》でしたね。そう特殊《とくしゅ》な才能を必要とする地位ではありませんからな。そして、いまの環境《かんきょう》に合わせてしまった。外部に対しては極秘《ごくひ》の地位のため、この交代を知る者は、上司と、数人の同僚《どうりょう》と、わたしぐらい。それに……」

「家族である、あたしと娘《むすめ》。あたしも娘も、絶対にしゃべったりはしませんわ。なにしろ、たくさんのお金をかせいでくれる、貴重《きちょう》な人なんですもの。しかし、本当に大丈夫《だいじょうぶ》なんでしょうね。自分は別人なんだと気づかれでもしたら……」

「ご心配はいりません。わたしの腕前《うでまえ》をご信用ください。失われた記憶《きおく》をとりもどさせるより、忘《わす》れさせたままにしておくほうが、はるかに容易です。また、できるだけのことをいたします。彼《かれ》の上司とも、たえず連絡《れんらく》をとります。あとは、あなたがた、ご家族の注意です。みなが協力すれば、ぶじに落ち着きますよ」

「そういけばいいんですけど……」

「うまくいきますよ。そもそも、この場合に限らず、世の亭主《ていしゅ》というものは、だれも大差ない。自分はいったいなんなのか、深く考えることなんかない。家庭や上司や同僚《どうりょう》など、環境《かんきょう》がいつのまにか作りあげてしまう、虚像《きょぞう》のようなしろものなんですから」

悪の組織

その都市には、やっかいな犯罪組織が存在《そんざい》していた。麻薬《まやく》の販売《はんばい》だの、脅迫《きょうはく》だの、コールガール業だの、非合法のギャンブルだの、いやがらせだの、そんなたぐいをはば広くやり、税金も払《はら》わずに多額の金をもうけていた。

人びとには対抗《たいこう》のしようがなかった。そんなそぶりを示すと、傷《きず》つけられ、場合によっては命まで奪《うば》われかねない。だから、金を巻《ま》きあげられても、泣《な》き寝入《ねい》りしなければならなかった。

しかし、警察《けいさつ》となると、手をこまねいていることは許されない立場にある。警察官である青年が上司に呼《よ》ばれた。

「なんでしょうか」

「じつは、例の犯罪組織のことなのだが」

「まったく、あれにはてこずりますね。下っぱを逮捕《たいほ》することはできても、組織についてのくわしいことは、よくわからない。巧妙《こうみょう》なしくみになっているようですね」

「そこなのだ。強い規律《きりつ》によって支配されているとみていい。なまじっかなことでは、あの組織の息の根をとめることはできない」

「そうでしょうね」

「そこで、きみにたのみたいのだ。非常手段《ひじょうしゅだん》に訴《うった》えたい。もはや警察の面目《めんぼく》といった問題ではない。あんな存在《そんざい》を許しておくと、善良《ぜんりょう》な人たちの社会のためにならないのだ」

「その通りです」

「きみは優秀《ゆうしゅう》な警察官《けいさつかん》。前途《ぜんと》有望。順調な昇進《しょうしん》が保証されている……」

上司はほめ言葉を並《なら》べたが、いいにくそうな口調でだった。青年は聞く。

「早く本題に入ってください」

「組織の内部に、だれかを送り込《こ》まねばならぬとの結論《けつろん》に達したのだ。情報を得るためであり、組織をぐらつかせるためでもある。しかし、なにしろ手ごわい相手だ。警戒厳《けいかいげん》重《じゅう》だろう。容易《ようい》なことでは潜入《せんにゅう》できない。すぐ警察のスパイと発覚し、消されてしまうだろう」

「どんな作戦があるのですか」

「小細工ではだめだ。本物の犯罪者をひとり作るのだ。そうでないと、相手も信用しないだろう。しかし、つらい仕事で、いやな役目だ。一生を棒《ぼう》にふらなければならない」

その極秘《ごくひ》の提案《ていあん》を聞き、警察官の青年はしばらく考えてから、身を乗り出して言った。

「決心しました。やらせて下さい。ぼくはまだ独身ですし、両親もすでに死んでいます。周囲に気がねすることなく、犯罪者になれるというわけです。個人的な昇進より、社会の正義のほうを優先《ゆうせん》させます。では、さっそく具体的な打ち合せに移りましょう」

それがなされた。そのあと、二人は私服《しふく》で夜の盛《さか》り場《ば》へ出かけ、怪《あや》しげなバーに入って酒を飲んだ。やがて、けんかをはじめる。

「このやろう」

「なんだと、上司にむかって」

なぐりあいがはじまる。青年は拳銃《けんじゅう》を出し、乱射《らんしゃ》した。相談の上での演出だが、真《しん》に迫《せま》っていた。青年は拳銃の名手で、上司の服に穴《あな》をあけ、かすり傷《きず》をおわせるということをやってのけた。しかし、弾丸《だんがん》をうちつくし、ついに上司に組み伏《ふ》せられた。

翌日《よくじつ》の新聞に、大きく報道される。警察官《けいさつかん》、上司にむかって発砲《はっぽう》と。裁判《さいばん》になり、有罪ときまる。ある期間、彼《かれ》は刑務所《けいむしょ》で服役《ふくえき》した。これで名実ともに前科者になれる。相手をあざむくには、これだけの手間と年月とを必要とする。それでうまくゆくとは限らないが、青年はそれに賭《か》けたのだ。

やがて出所となる。青年はかつてのバーへと出かけた。

「いつかは迷惑《めいわく》をかけたな。やっと世の中へ出られたよ」

「どなたでしたっけ」

「酔《よ》って、けんかをし、拳銃をぶっぱなしたさわぎを忘《わす》れたかい」

119　悪の組織

「あ、あの時の……」

「警察《けいさつ》には面白くないやつばかりがそろっている。がまんしつづけだったが、とうとうその感情を爆発《ばくはつ》させてしまった」

「わかりますよ。で、これからどんなお仕事を……」

「まともな会社では、どこもやとってくれない。危険《きけん》人物あつかいだ。やけ酒でも飲まなくてはいられないというわけさ」

「いい心当りが、ないこともありませんよ」

とバーのマスターが言った。つぎに立ち寄ると、こう告げられた。

「このメモをあげます。その番地の家に行ってごらんなさい。なにか金になる仕事にありつけるかもしれませんよ」

「そりゃあ、ありがたい。金のためなら、なんだってするぜ」

まともな仕事でないことは、予想できた。青年はそこにやとわれ、働かされた。最初は簡単《かんたん》な連絡係《れんらくがかり》、つぎには集金係。彼《かれ》はそれを忠実《ちゅうじつ》にやった。上のほうでは、そんなことをやらせながら、青年をためし、過去を洗《あら》っているらしかった。

それに合格したのだろう。彼はしばらくして、もっと重要な役、すなわち麻薬《まやく》の運搬《うんぱん》係《がかり》をまかされるようになった。警察の上司にだけは、ひそかに経過を報告しているので、つかまることはなかった。

しかし、対立するべつな犯罪組織の妨害《ぼうがい》は、自分の手で防がねばならなかった。それに関しても、みごとに能力を発揮《はっき》した。動作は機敏《きびん》であり、決して負けない。なにしろ、以前は優秀《ゆうしゅう》な警察官だったのだ。

青年は、さらにいい地位にのぼった。ようすもいくらかわかってきた。そして、警察で問題にしている組織に自分が入りこんだことを知った。上司に連絡をとる。

「中間報告をいたします」

「いや、そう急ぐことはない。あまりたびたび連絡をし、怪《あや》しまれでもしたら、せっかくの苦心がむだになる。また、警察の内部から情報のもれることもある。組織の全容をつかむまで、もっともらしく行動してくれ」

「しかし、対立する犯罪組織のボスを殺すよう、命じられたのです。それをやらないと、さらに上の地位に進めません」

「やっかいなことだな。うむ、よし。やってかまわない。わたしとして公的には言えないことだが、そいつは悪質なやつだ。証拠《しょうこ》がつかめないので逮捕《たいほ》できずにいるが、社会にとって害こそあれ、益はない。殺してもいいぞ、一挙両得ともいえる。しかし、手ぎわよくやれよ」

「その点は心得てます」

青年はそれをやりとげた。組織内でのひとかどの人物になれた。ボスがだれかを知ることもできた。しかし、そいつを逮捕しても、だれかがあとをつぐことになる。組織とは、そういうものなのだ。もっと研究したほうがいい。

青年は、企業《きぎょう》をおどして金を取る部門をまかされることになった。警察《けいさつ》にいた時の知識で、うさんくさい会社は勘《かん》でわかる。子分を派遣《はけん》し、指示した通りにしゃべらせ、金を出させる。収益《しゅうえき》をこれまでの倍に伸《の》ばすことに成功した。その実力は、だれもがみとめた。

冷静に観察をつづけ、青年はボスの失脚《しっきゃく》工作にとりかかった。組織に関係のない、ボスの個人的な悪事をさぐり、警察へ密告《みっこく》した。ボスは逮捕され、青年はあとがまにすわることができた。

すわりごこちのいい椅子《いす》だった。どんなぜいたくもでき、美女はよりどりみどり、金まわりはよく、子分たちは忠実《ちゅうじつ》だ。いままで忍耐《にんたい》してきたかいがあったというものだ。

青年は満足だった。もっとも、子分のなかには、ボスの座《ざ》をねらいたがるのもある。しかし、彼《かれ》の拳銃《けんじゅう》の腕《うで》を知っているので、公然とは手むかえない。警察へ密告した者もあったが、それは上司がにぎりつぶしてくれた。

夜、その上司から、彼のところへ電話がかかってきた。

「ボスの地位についたそうだな」

「はい、おかげさまで」

「そろそろ、くわしい報告をしてくれ。ぶっつぶす段階《だんかい》に移りたいのだ」

「おことわりします。わざわざ刑務所《けいむしょ》にまで入って、やっと手に入れた地位です。ここで楽しまなくては……」

「その心境はわかるよ。では、少し待とう。どれくらい待てばいいか」

「わたしの生きている限りです。こんな面白い毎日はありませんものね」

「おいおい、約束がちがうぞ。ただではすまないことになる」

「わたしを逮捕《たいほ》なさろうにも、証拠《しょうこ》は手に入らないはずですよ。逮捕されても、なにもしゃべらない。また、わたしを警察《けいさつ》のスパイだと公表しようとするのも、よくありませんよ。警察は卑劣《ひれつ》だという印象を社会に与《あた》える」

「すると、ずっとその犯罪組織を支配しつづけるつもりか。ああ、とんでもないことになってしまった。おまえを見そこなっていた。わたしは後悔《こうかい》しつづけることになる」

電話のむこうで悲鳴をあげる上司を、青年はなだめた。

「そう悲しまないで下さい。わたしとしても、社会につくす心に変りはありません」

「どこから、そんな言いわけが出る」

「いいですか、対立するほかの犯罪組織は、全部ぶっつぶした。それだけ、社会がよくなったというわけです」

「言いのがれだ」

「そうではありませんよ。浜《はま》の真砂《まさご》はつきるとも、犯罪者となる素質の人間の出現はつきないのです。それが、みなわたしの監督《かんとく》下に入っているわけです」

「だからどうだというのだ」

「統制がはずれると、各人がもっと無茶な悪事をやりかねない。また、悪を完全に無にすることは不可能。適当に存在《そんざい》させておかなければならない。悪ありてこそ、善《ぜん》が意識されるのです。かりに悪が一掃《いっそう》できたとしてみましょう。緊張《きんちょう》のない社会となる。警察はその存在価値《そんざいかち》を失い、あなたがたは失業となる」

「もっとわかりやすく説明してくれ」

「悪人になるほか生きようのない人間もいるのです。そんなのには、ほどよい程度の悪事をやらせます。そのあと、へまをするようにしむけます。そこをそちらが逮捕するわけですよ。不自然でなく刑務所《けいむしょ》に隔離《かくり》できる。うまくやって下さいよ。ぐるとわかったら、仕事がやりにくくなる」

「しかし、不正をみとめることは……」

「世の中には、法的に手のつけようのない、悪質な企業《きぎょう》があるのです。税務署《ぜいむしょ》の目をのがれている会社から、脱税《だつぜい》に相当するぶんを、わたしがかわって取り立てているわけですよ。また、凶悪《きょうあく》なことをやりかねない人間、あくどい政治家、そんなのをえらんで麻《ま》薬《やく》中毒にし、廃人《はいじん》にしているのです。警察《けいさつ》の補助《ほじょ》機関と思って下さい」

しばらくの沈黙《ちんもく》のあと、上司は言った。

「そういうことになるかもしれんな。まあ、しっかりやってくれ」

「おっしゃるまでもありません。こんなやりがいのある仕事はない。共存共栄《きょうそんきょうえい》でやりましょう。警察のほうも、がんばって下さいよ」

青年は電話を切り、美食、美酒、美女の待つ豪華《ごうか》な部屋へと戻《もど》っていった。

おかしな青年

大きな病院。内科や外科《げか》など各部門のそろった総合病院で、診療《しんりょう》設備も充実《じゅうじつ》している。受付係の女が、困《こま》った表情で事務長のところへ、報告に来た。

「じつは、変な人が来て、帰らないんです」

「病人か」

「そうらしくはないんですが、やはり病人なのでしょうね」

「どう変なのだ」

「わけのわからないことを、つぶやいているんです」

「なんだか興味がわいてきたな。このごろは、まとも過ぎるやつばかりだ。ちょうど退《たい》屈《くっ》でもあるし。会ってみよう。連れてきなさい」

「はい……」

女はひとりの青年を連れて戻《もど》ってきて、そこの椅子《いす》にかけさせた。

「……このかたですの」

「わかった。さあ、受付の仕事のほうを、つづけなさい……」

事務長は、青年に話しかけた。

「……さて、どんなご用でしょう」

「おれ、幽霊《ゆうれい》なんだけど……」

と青年が言い、事務長は聞きかえした。

「なんですって」

「おれ、幽霊なんだけど……」

「すると、あなたは、ご自分が幽霊だとおっしゃるわけですか」

「そうです」

事務長は青年を見つめなおし、うなずいた。幽霊らしいところなど、少しもない。

「ははあ、そういう妄想《もうそう》を抱《いだ》いているというわけですな。すると、神経科の患者《かんじゃ》ということになりますな」

「おれは、患者なんかじゃない。幽霊なんだけど」

「わかってますよ。ところで、健康保険証はお持ちですか」

「そんなもの、持っているわけ、ないでしょう。おれ、幽霊なんだから」

事務長は用紙を出して聞いた。

「ご住所は……」

「あの世ですよ」

「お名前は……」

「幽霊になってしまっては、生きていた時の名前なんか、意味ないわけでしょう」

「それもそうですな」

あいづちを打ちながら、事務長は考えた。妙《みょう》なやつも、いるものだ。表情や話し方に、からかいにきたという感じはない。となると、頭がおかしいのだろう。なんとか正気にもどせば、自分がだれかを、はっきり思い出すだろう。家族もわかり、治療代《ちりょうだい》だって取り立てることができる。

当人のためでもあり、この病院の評判だってよくなるにちがいない。そもそも、こんな奇妙《きみょう》な患者《かんじゃ》は、はじめてだ。その好奇心《こうきしん》も、押《おさ》えられなかった。

事務長は青年を連れて、神経科の医師のところへ行き、事情を話して引き渡《わた》した。医師も興味を示し、あらためて青年に聞いた。

「あなたは幽霊《ゆうれい》なんだそうで」

「ええ、おれ、幽霊なんだけど」

「なるほど、いつごろからそうなったのですか」

「五年前から」

「どんなきっかけで、幽霊なんかになったのですか」

「先生、そんなこと、ご存知《ぞんじ》じゃないんですか。人はどうやって幽霊になるかを」

「死ぬことによってですか」

「そう、よくおわかりじゃありませんか」

「理屈《りくつ》だけは、いちおう筋《すじ》が通っていますな。では、とりあえず診察《しんさつ》を……」

医師は青年の脈をとった。それは、はっきりと感じられた。つぎに体温をはかる。それも正常だった。青年に告げる。

「……脈もあり、体温もある。あなたは死んでいない。ちゃんと、生きているじゃありませんか。幽霊なんかじゃない」

「先生が、そう感じているだけですよ。じっと横たわって動かず、口もきかない幽霊なんかありません。おれ、本当に幽霊なんです」

「なんだか、こっちまでおかしくなりそうだ。しかし、わたしは神経科の医師。その点は大丈夫だ。いいですか。あなたのからだは、健康な人と少しも変らないのですよ」

「ただひとつの点を除《のぞ》いてはね」

「それはなんなのです」

「おれにもわからないんだ。おれ、幽霊《ゆうれい》なんだからね。普通《ふつう》の人間と、ちがうところがあるはずなんだ」

「少し話がおかしくなってきたな。わかってますよ。その、ただひとつの点というのが、妄想《もうそう》というわけですよ。くわしい診察《しんさつ》をして、それをはっきりさせましょう」

医師は青年の脳波《のうは》をはかり、うそ発見機も使用し、あれこれ質問し、徹底的《てっていてき》に調べた。また、一時的に妄想を押《お》さえる効能のある薬を、注射《ちゅうしゃ》した。しかし、青年は言いつづける。

「おれ、幽霊なんだけど」

「なんということだ」

医師はいささかうんざりし、持てあました。診断《しんだん》によると、この青年に異常《いじょう》は発見できない。つまり正常なのだ。医師は、青年を内科の医師に引き渡《わた》して言った。

「この患者《かんじゃ》は、自分が幽霊だと主張している。しかし、診断の結果は、正常だ。妄想の持ち主ではない。こうなると、わたしの手にはおえない。ひょっとしたら、本物の幽霊じゃないかと思えてくる」

「専門《せんもん》の先生がそんなことをおっしゃっちゃ、困りますね」
「この患者は、どこがどうかはわからないが、ある一点だけ普通の人とちがっていると
も主張している。うそ発見機で調べたが、その言いぶんも正しいようだ。そこをつきと
めてくれないか」
「まったく妙《みょう》な患者ですな。幽霊の診察などは、はじめてだ。話の種に、やってみるこ
とにしますか」
内科の医師は、それをやった。血液検査をやり、レントゲン写真をとり、心電図もと
った。そのほか、さまざまなことがなされた。しかし、これといった異常は、発見でき
なかった。どうみても、健康な人間だ。
外科的《げかてき》な問題はなさそうだったが、念のためにと、その部門の医師の診察も受けさせ
た。さらに、眼科、耳鼻科《じびか》、皮膚科《ひふか》などでも検査を受けさせた。
どこにも異常がない。いちおう青年をベッドに寝《ね》かせ、医師たちは、その結果を持ち
よって相談した。

「どこも、なんともないぞ。あいつが幽霊《ゆうれい》なら、われわれも幽霊ということになってしまう」

「ばかげた話だ。あいつは、自分で幽霊だと思いこんでいるだけだ。やはり、神経科で調べなおすべきだ」

そう言われ、神経科の医師は答えた。

「それは、充分《じゅうぶん》にやりましたよ。妄想《もうそう》の持ち主ではない。だから、わたしは気になってならないのです」

「もっとくわしく、やるべきだ。なにか、まだやってないことがあるはずだ」

「となると、自白剤《じはくざい》ぐらいです。内心で思っていることを、しゃべらせる薬です」

「それを使ったらいい。われわれは医師だ。患者《かんじゃ》の秘密《ひみつ》は口外できないことになっている。問題はないはずだ。また、あいつがうそをついていても、それでばれる」

「じゃあ、やりましょう。みなさんも、立ち会って下さい。わたしの診断《しんだん》がまちがってないことを、知ってもらうためにも」

「そうしよう。なにしろ、興味ある患者だからな」

話はまとまり、青年に自白剤の注射《ちゅうしゃ》が打たれた。やがて薬がきいてくる。質問がはじめられた。

「あなたはどなたですか」

「おれ、幽霊なんだけど」

「いつから幽霊になったんです」

「五年前から」

「しかし、どうみてもあなたは、健康体ですが」

「いや、ある一点だけ、普通の人とちがっている」

「どんな点でです」

「おれにもわからないんだ。おれは本当に幽霊なんだ」

神経科の医師がみなに言った。

「どうです。なにもかも、わたしの報告と同じでしょう。患者はうそをついていない。

精神的には、正常です。それが幽霊《ゆうれい》だと言っているのだから、肉体的に、どこか問題があるはずだ」

「あなたは、こいつが幽霊かもしれないと、いくらか思っているようですね。しかし、足だって、ちゃんとある。おかしな個所《かしょ》は、どこにもなかったぞ。こんな幽霊など、あるわけがない。ひとつ、べつな方面から質問してみよう。いったい、五年前にどんなことが起ったのか」

それがなされた。

「あなたは、五年前に、どんな目に会ったのですか」

「………」

答えはなかった。しかし、みなの好奇心《こうきしん》は高まる一方。

「ぜひ聞き出したいものだ。だめか」

神経科の医師が答える。

「もう少し注射をしてみたら、なにか言うかもしれません」

137　おかしな青年

さらに注射が打たれ、質問がなされた。

「さあ、あなたの身に五年前、どんなことが起ったのです」

「その、じつは……」

青年はそれだけ言い、それ以上は言わなかった。なにか内心に抵抗《ていこう》があり、言葉にならないように見えた。しかし、こうなると医師たちにとって、気になってならない。なんとしてでも、聞き出したい。もうちょっとで、答えそうな感じもするのだ。

「もっと注射を打て」

それがなされたとたん、異変《いへん》が起った。青年の脈が弱まりはじめたのだ。薬が強すぎたせいか、その薬に弱い体質だったのか、どっちかだろう。

酸素吸入、カンフル注射をはじめ、さまざまな応急処置《しょち》がとられたが、青年は死亡《しぼう》してしまった。医師たちは顔を見あわせる。

「やっかいなことになったぞ。現実に病気で、治療《ちりょう》の過程で死亡したのなら仕方がないが、そうでないのだからな」

「いまさらさわいでも、手おくれだ。病院の信用にかかわらないよう、なんとか処理《しょり》しよう。住所、姓名《せいめい》の不明な急患《きゅうかん》を受け入れた。だれだかわからないのだから、どこからも文句《もんく》は出ないだろう。理屈《りくつ》をつければ、診断《しんだん》だって治療の一段階《だんかい》といえるのだ。われわれがだまっていれば、それですむ」

相談がなされ、もっともらしく書類が作られ、火葬《かそう》にされ、無縁墓地《むえんぼち》に埋葬《まいそう》された。また、警察《けいさつ》へも届《とど》けた。身もと不明の死者として記録される。

まあ、なんとか一段落《いちだんらく》。医師たちはほっとして話しあう。

「おかしなやつだったなあ。いったい、どうして自分は幽霊《ゆうれい》だなどと、主張するようになったのだろう」

「しかし、どうも、なにか気になるな」

と医師のひとりが言った。

「どんなふうにだ」

「あいつ、どこかで、前に見たような感じがしてならないのだ」

するとﾞ、うなずく者もあった。

「そういえば、わたしもそんな気がする」

「となると、どこで会ったやつだろう」

「五年前とか言っていたが、あいつになにが起ったのだろう」

「五年前ね。そうだ、あいつに似ている。あの青年を五つほど若《わか》くすると、ちょうどぴったりだ。なんだか、背中《せなか》が寒くなってきた」

「いったい、なんのことなのだ」

「五年前にこの病院で、ある少年の治療《ちりょう》をした。その時、とんでもない誤診《ごしん》をやり、死なせてしまったという事件があったろう」

「そうだ。そんなこともあった。あれは気の毒なことをした。もっとも、病院の信用にかかわるので、うまいぐあいに処理《しょり》をし、どこからも文句は出なかったが」

「あの時の少年か。五つとしをとらせたら、あの青年みたいになるんだろうな。霊《れい》も浮《う》かばれないだろうし、幽霊《ゆうれい》にもなりかねない心境だろうな。出ても当然だ。しかし、あれが幽霊とは……」

その時、玄関《げんかん》のほうでざわめきが起った。受付係の女が、医師たちのいる部屋へやってきて言う。

「また変なかたが、みえたんですけど」

それにつづいて、青年がはいってきた。あの、自白剤《じはくざい》の注射《ちゅうしゃ》を打ちすぎて死んだ青年と、なにからなにまでそっくりだった。そして、そいつは言った。

「おれ、幽霊なんだけど……」

逃亡《とうぼう》の部屋

ここは高原地帯にある、ホテルの一室。その窓《まど》からは、さわやかな、晴れた午後の景色を目にすることができた。

みどりの草におおわれた地面が、なだらかな起伏《きふく》を作って、ひろがっている。ところどころに、花が咲《さ》いている。湖があり、それは青空と雲とを映《うつ》して、静かだった。小鳥たちの声が聞えてくる。歩いて十分ほどのところに、シラカバの林があった。そして、林のかなたには、遠く雪の残る山脈を見ることができた。

この部屋のなかには、二人がいた。少し前に着いたばかりだった。

「きれいな眺《なが》めねえ」

と、夏子はつぶやくように言った。二十五歳《さい》ぐらい。色の白い、細おもての女性だった。古風な美しさがある。

「きみのほうが、ずっときれいだよ」

彼女《かのじょ》の肩《かた》に手をかけ、抱《だ》きながら、清二が言った。やはり同じぐらいの年齢《ねんれい》。神経のこまかそうな、それでいて、まじめな青年。真実味のこもった口調だった。そとの風景にふさわしい、ロマンチックなムード。見るものがいたら、だれもそう思うだろう。しかし、二人のあいだは、そう単純《たんじゅん》なものではなかった。夏子は、まゆをひそめながら言う。

「うちの人、なにか感づいたらしいのよ。このごろ、あたしに対する監視《かんし》の目が、一段《いちだん》ときびしくなったみたい。外出のたびに、どこへ行くんだと、しつっこく聞くし、あとをだれかにつけられてるような気がするの……」

「よく、抜《ぬ》け出してこられたね」

「あなたを愛しているからよ。だから、あたしも、ずいぶん知恵《ちえ》をしぼったわ。友だちに病気だと電話をかけてもらい、それを見舞《みま》いに行くという口実で家を出て、病院のなかを抜《ぬ》けて駅へ行き、あなたにお会いしたってわけよ」

清二は独身だったが、夏子は人妻だった。その亭主は娯楽チェーンを経営し、なかなかのやりてだった。

「もう、気づいたかな」

「たぶんね。あたしがいなくなったと知り、きっと腹《はら》を立ててるわ。金にあかして何人もの探偵《たんてい》をやとい、行方《ゆくえ》をさがしはじめてると思うわ」

「発見されるのは、時間の問題だろうな」

「でしょうね。あたしは強引に連れもどされるわ。だけど、あなたは、それではすまない。うちの人、暴力団関係にも顔がきくのよ。あなたの処置《しょち》を、それに依頼《いらい》するかもしれないわ。そんなことを、やりかねない人なんだから」

「よくって半殺しだね」

「それですまないんじゃないかしら……」

「どうでもいいことさ。ぼくはもう、覚悟《かくご》をしているんだから」

「あたしもよ。あなたを、ひとりで死なせはしないわ。だからこそ、なにもかも捨《す》てて出てきたんじゃないの。あんな家に連れ戻《もど》されるぐらいなら……」

事態は、深刻《しんこく》なのだった。夏子は大きめなハンドバッグをあけ、拳銃《けんじゅう》を出した。外国製の婦人用のものらしかった。

「……こんなものがあったんで、持ってきたわ。きっと、ここを動かしてから引金をひけばいいいんだと思うの」

しかし、それで追手を撃退《げきたい》しようというのではなかった。清二は旅行カバンから、短刀を取り出した。

「ぼくは、これを持ってきた。これで血管を切ると、そう苦しまずに死ねるんじゃないかと思ってね」

「あたし、毒薬も持ってきたわ。これも、苦痛《くつう》なしに死ねるんですって」

夏子は薬びんを見せた。二人は心中《しんじゅう》をする決心で、ここに来たのだった。清二はちょっと笑った。

「これだけあれば、やりそこなうことはないな」

覚悟《かくご》はずっと前にできているので、いまはむしろ、楽しげな気分だった。彼《かれ》にとって、夏子といっしょになれないという状態は、生きるに値《あたい》しないものといえた。

「この世では、あたしたち、どうにもならないのね」

「しかし、きみはまだ思いとどまれるよ。死ぬのは、ぼくだけでもいいんだ」

「いやよ、いまになって、そんなことおっしゃるの。あなたが死んだら、あたしも死ぬわ。だから、死ぬのはいっしょよ」

「ああ……」

清二は声をつまらせ、二人はまた抱《だ》きあった。夏子は湖を指さして言う。

「あの水のなかに沈《しず》むのって、どうかしら。拳銃《けんじゅう》や刃物《はもの》を使うのって、犯罪のにおいがして、なにか抵抗《ていこう》があるわ。愛の終り、いいえ、あたしたちの、新しい愛の出発なのよ。だから、美しいのがいいわ。お花をつみながら、あそこまで行きましょうよ。そして、ボートに乗るの。花だけじゃ、だめね。石もつみこまなくては。湖のまんなかあたりで、あたしたち、からだをボートにしばりつけ、薬を飲み、底に穴《あな》をあけるの。伝説にありそうじゃない。あたしたち、伝説のなかの人物になれるのよ」

「シラカバの林のなかで、小鳥の声を聞きながらっていう方法もあるよ」

「悪くないけど、あとで死体を発見されるかもしれないと思うと……」

夏子は、自分の考えついた計画に酔《よ》っていた。清二にも、べつに異論《いろん》はなかった。

「じゃあ、きみの言う通りにしよう。で、なにか遺書《いしょ》でも書くかい。ぼくは、なんにも書き残すことがないけど」

「あたしもよ。あなたといっしょに死ねるんだから、思い残すことはないわ。その行為《こうい》自体が遺書なのよ。つけ加える解説なんて、あるわけがないわ」

「あの水の底で、ぼくたちは、永遠に結ばれるわけだね……」

「暗くなってからにしましょうね。だれかに見られ、救助されちゃ、いやだから」

見おさめになるあたりの光景を、二人は並《なら》んで眺《なが》めつづけた。

その時、部屋にベルの音がした。だれかが来たらしい。二人はびくりとし、顔を見あわせた。

「だれだろう。ルームサービスを頼《たの》んだおぼえはないし。もしかしたら、探偵《たんてい》では……」

「そんなに早く、ここをかぎつかれるとは思えないわ。でも、万一の用意に、この拳銃《けんじゅう》をポケットに入れといてよ」

それを夏子から受け取り、清二は注意してドアをあけた。

そこには、六歳《さい》ぐらいの女の子が立っていた。室内の二人を見て、べろを出したかと思うと、かん高い笑い声をひびかせた。

あまりの意外さ。二人はまばたきをするばかり。そのうち、女の子は廊下《ろうか》をかけて、どこかへ行ってしまった。

「なんだ、いまのは」

「子供《こども》のいたずらよ。いいわねえ、幼《おさな》いうちは、むじゃきで。死ぬ以外にないなんて、悩《なや》みをかかえることもなく……」

二人は、窓《まど》ぎわにもどった。

すると、またもベルの音。ドアをあける。さっきの女の子がいた。こんどは、なにかを口に当てて吹《ふ》いた。それは笛で、とぼけたような音を出した。ユーモラス。女の子は、きゃっきゃっと笑いながら逃《に》げていった。

「一回ならまだしも、こうなると、うるさくなってくるな」

せっかく人生を美しく終る相談をしているのに、あんなのに出現されると、ムードがこわされてしまう。

「最初はかわいらしいなと思ったけど、二回目になると、こましゃくれてるという感じになるわ」

そこへ、またもベルの音。清二はドアをさっとあけ、その女の子をつかまえ、部屋のなかに引きこんだ。

「さあ、もう、いたずらはよしなさい。パパやママはなにしてんの」

「お酒を飲んで、ねちゃったのよ。あたしのパパとママ、お酒が好きなの。着いてすぐ飲みはじめ、もう酔《よ》っぱらっちゃったの。だから、ひとりでつまんなくて……」

「そとで遊んだら……」

「ひとりでする遊びって、知らないの。ホテルのなかのゲームコーナーで遊びたいんだけど、お金がないの」

「しようがないね。じゃあ、少しあげるよ。いい子だから、もう、ベルを押《お》したりしないでおくれ」

「うん。ありがとう。ねえ、おじちゃんたち、新婚《しんこん》旅行……」

「まあね」

本当のことなど、話せない。

「じゃあ、心うきうき、胸《むね》どきどきってとこね」

「子供《こども》はね、そんなよけいなこと言わないでいいの」

「でも、興味あるなあ。夜が待ち遠しいでしょ。おしあわせにね」

「いいかげんにしてくれよ。さあ……」

清二はなんとか追っぱらった。しかし、さっきまで色濃《いろこ》くただよっていた愛の高まり、死へのあこがれという空気は、すっかり消え、調子が乱《みだ》されてしまった。

「きみと最初に会ったのは……」

清二はそれを回想することによって、情感を再構成しようとつとめた。夏子もそれを察し、うなずいて言った。

「通りがかりに、あなたの個展《こてん》を見にはいった時だったわね。絵がいっぺんに、あたしの心をとらえたわ。それに、亭主《ていしゅ》の品の悪さに、つくづくいやけがさしていた時で……」

清二は画家だった。情熱をひめた、詩情のある画風だった。

「まったく、残念でならないな。きみが結婚《けっこん》する前に会えていたら……」

「あたしもそう思うわ」

おたがい、好きになるべきでないのに、心をひかれあってしまったのだ。二人は時間をかけて会話をかわし、人目をしのんで会った日々のすべてを回想し、もはや死ぬ以外に結ばれる道のないことを、確認《かくにん》しあった。

「ここまで来たら、もう、あと戻《もど》りはできないよ」

「わかってるわ。二人して、きよらかに死にましょう」

顔を見つめあい、抱《だ》きあうのだった。

その時、ベルの音がした。清二は言う。

「また、あの、ませた女の子だろう。金をせびりに来たのかもしれない。どうやら、ぼくたちは、甘《あま》く見られてしまったようだ」

「いやねえ、あたしたちが厳粛《げんしゅく》な気分にひたっている時に……」

「しかし、ほっぽっとくわけにもいくまい。ベルを鳴らされつづけとなるとね」

いやいやながら、ドアをあける。そこには男が立っていて、こう言った。

「わたくしは、このホテルの支配人でございます。ちょっと、おじゃまを……」

「なにかご用ですか」

「じつは、お手数をおかけしますが、ひとつお願いが。おとまりのほかのお客さま、みなさんに、ご協力いただいているしだいです。なにぶん、これは役所からの通達なのでして」

「めんどうなことは、早く片《かた》づけてしまいましょう。早くおっしゃって下さい」

「この先で、伝染病《でんせんびょう》が発生いたしました」

「そうかい。しかし、ぼくたちは、そのたぐいのことを、こわがらないよ」

伝染病など、死を数時間後に覚悟《かくご》した清二にとって、どうでもいいことだった。まもなく、あの湖の底に沈《しず》むのだ。夏子もうなずく。

「ええ、あたしもよ。ご注意ありがとう」

「いえ、その先がございますので。申しあげにくいのですが、検査をいたさねばなりません。便を少々いただきたいので……」

「なんだって……」

「消化器系統の、伝染病なのです。大便のなかの、菌《きん》の有無を調べるわけでして」

「しかし、ねえ。そんな、みっともない話を、ここで持ちかけられるとは……」

「ぜひ、お願いいたします」

「いやだと、ことわったら……」

「保健所へおいでいただくことに……」

そんなことになったら、決行をのばさなくてはならなくなる。また、追手につかまる可能性も、多くなる。支配人はつづけた。

「……ご夫婦でございましょう。気がねなさることなど……」

宿泊《しゅくはく》カードに、二人は夫婦と記入したのだ。そして、それらしくふるまってきた。

「わかったよ。しかし、そうすぐにと言われても……」

「即効性《そっこうせい》の下剤《げざい》もございます。カンチョウも持参いたしました。ご迷惑《めいわく》をおかけし、申しわけございません。そのかわり、料金のほうでサービスさせていただきます。どうも、その筋《すじ》からの指示なのでして……」

責任者としての立場上、支配人は譲歩《じょうほ》するけはいを示さなかった。

「わかった。なんとかやってみるよ……」

清二は承知し、浴室のトイレを使い、要求されたものを容器に入れて渡《わた》した。夏子もそうせざるをえなかった。

「ご協力、ありがとうございます」

支配人は引きあげていった。

じゃま者はいなくなったというものの、せっかく築きなおしたムードが、またも崩《くず》れてしまった。しらけた空気がただよい、二人は少しいらいらした。

「きみと最初に会ったのは……」

清二が口をきった。なにもかも、やりなおし。もう一回、築きあげる以外にない。なんとか努力して、きよらかな死の気分を、盛《も》りあげなければならない。そして、便の検査のことを、二人の頭から追い出すことに成功した。

「あたりが、暗くなってきたよ。じゃあ、薬を持って、そろそろ湖へ出かけるとするか。花をつむだけの明るさは、残っている。岸で夜の闇《やみ》を待てばいい」

「ええ。あたし、なにも思い残すことはないわ。あなた、愛してるわ」

「ぼくも愛してるよ。夏子さん」

その時、またもベルの音がした。清二はにぎりこぶしを振りまわす。

「なんだ、いまごろ。あの女の子や支配人じゃあるまいな。せっかく、ロマンチックな気分を取り戻《もど》せたところなのに。今度は、なんだろう。近くの動物園から、大きなヘビが逃《に》げだしたなんてたぐいかな。夢をこわすようなのばかり、現われやがる……」

「あたしは、そのたびに追手じゃないかと気になり、落ち着かなくなるの」

清二はポケットの拳銃《けんじゅう》をたしかめ、ドアをあけた。そこには貧相な中年の男が、カバンをかかえて立っていた。見知らぬ人物だ。

「あなたは、どなたです」

「ちょっと、あることでお話が……」

その男は勝手になかへはいってきた。清二は言う。

「マッサージなんか、たのんだおぼえはないよ」

「いえいえ、そんなものではございません」

「いずれにせよ、困《こま》るね。忙《いそが》しいんだ。用がないのなら、早く出ていって下さい」

「こんなところのホテルまで来て、忙しがるなんて。せっかちは、よくありませんよ。そういう国民性を、あらためなくては……」

「こんなところで、国民性についての議論《ぎろん》を展開《てんかい》するやつも、おかしいぜ。あなた、部屋をまちがえたんでしょう」

「そういうことは、ございません」

「だったら、用件はなんなんだい」

清二はいらいらしはじめた。しかし、相手は帰ろうとしない。

「とくに用ってほどのものではありませんが、あなたがたをお見かけして、他人のように思えなくなりまして……」

「すると、以前に会ったとでも……」

「さあ、どうでしょうか……」

さっぱり要領をえない。いったい、この男はどういうつもりなんだろう。いつのまにか腰《こし》をすえてしまった男に、夏子が言った。

「伝染病《でんせんびょう》のこと、お聞きになりまして……」

「いいえ。耳よりのお話ですな。ぜひ、くわしくお聞きしたいもので……」

「じゃあ、ここへ来たばかりのかたなのね。消化器系の伝染病が、この近くに発生したんですって。さっき支配人から、注意されたばかりよ」

「そりゃあ、危険《きけん》なことですな」

「お薬を飲んどいたほうがいいわ。さあ、これよ……」

「それは、ご親切に、どうも……」

男は夏子から薬を受け取り、口に入れ、コップの水で飲み下した。清二が気づく。

「おい、それは、ぼくたちの……」

「大丈夫《だいじょうぶ》、たくさんあるんだから。惜しがることもないでしょう」

「それもそうだな」

その会話を聞き、男は夏子に言った。

「貴重《きちょう》な薬をわけていただき、お礼の申しようもありません。しかし、妙《みょう》な気分です。足のほうが、しびれてきた」

「痛《いた》みや苦しみを感じますか……」

「べつに、それはありませんが。あなたがた、お飲みになったんじゃないんですか」

「まだよ、これから飲むけど。苦痛《くつう》がないとわかって、よかったわ」

「いったい、なんなのです。その薬のききめは」

「死よ」

「なんですって。冗談《じょうだん》のように聞えたが」

「それを飲んだらね、死ぬってこと」

「大変だ。医者を呼《よ》んでくれ……」

男は立とうとしたが、足がいうことをきかなかった。吐《は》こうとして浴室まではっていったが、そこで動けなくなった。しびれは、しだいに上のほうへと、ひろがってゆくようだ。

「お気の毒ね」

「なぜ、こんなことが。あなたがたが死ぬのは勝手だが、その巻《ま》きぞえとは……」

「身から出たさびよ」

「え、なんで、そのことを知って……」

「あたしたちだって、ばかじゃないわ。あいつが探偵《たんてい》や追手をやとうぐらい、想像してたのよ。身分をあかさず、ひとの部屋にはいりこんで、さりげない話をして、ねばる。だから、すぐにわかったの。あたしたち、人生の最後を、だれにもじゃまされることなく、美しく飾《かざ》りたいのよ。わかるでしょ。あしからず……」

それを聞き、男は浴室の床《ゆか》に横たわったまま、くやしそうに手を振《ふ》った。

「ああ、とんでもない誤解《ごかい》だ。追手を気にしながら逃《に》げてきたのは、わたしのほうなのに。どうも尾行《びこう》されてるような気がし、しばらくここにかくまってもらおうと、入っただけなのに。誤解で殺されるなんて……」

「そうとは知らなかったわ。ごめんなさいね。でも、あなた、なんで逃《に》げてきたの」

「この薬、本当に助からないんですか」

「そうよ。だから、あたしたち、心中のために用意してきたのよ」

「まったく、不運とはこのことだ。残念でならないが、これも自業自得《じごうじとく》というのかもしれない。わたしは、ある官庁《かんちょう》につとめていた。その地位を利用し、民間の業者から、わいろをたくさん取った」

「それがばれたの……」

「まだですが、時間の問題となった。業者がすでに逮捕《たいほ》された。こうなったら、毒食わば皿まで、いっそのことと、役所の公金を横領し、蒸発《じょうはつ》してしまおうと……」

「思い切ったことをしたわね。だけど、そんな事情があったなんて。早くおっしゃらないから、いけないのよ。いずれにせよ、あやまるわ。そのつぐないに、あたしたち死んであげるわ。もっとも、そのためにだけ死ぬんじゃないけどね」

「どうしてくれるって言いたいとこだが、あなたがたもまもなく死ぬんじゃ、どなりようがない。悪事のむくいなんだろうな。しかし、どうせ死ぬんなら、遺書《いしょ》でも書くとするか。人ちがいで殺されたというのじゃ、みっともない。いさぎよく自殺したとしたほうが、まだしもいい。そうまでしなくてもと、人びとが同情してくれるだろう。書くものを貸してくれ」

男はメモをもらい、文を書いた。

〈みなさまに迷惑《めいわく》をかけた。わたしは死をもって、罪をつぐない……〉

そのへんまできて、男は万年筆をにぎったまま、息がたえた。やすらかな死にぎわだった。清二は言う。

「殺人をしてしまった」

「いいじゃないの。もう本当に、あとにはひけないのよ。これで、覚悟《かくご》がきまったわ。この人、遺書を残してくれたけど、あたしは殺人犯。特殊《とくしゅ》な薬だから、その出所をたぐられると、疑《うたが》いをかけられてしまう」

「苦痛《くつう》なく死ねるとわかったのは、収穫《しゅうかく》だったね。で、どうしよう、この死体。湖に運んで沈《しず》めてしまうか」

「だめよ。湖はあたしたちだけのための、神聖《しんせい》な場所。こんな公金横領の悪徳役人といったら、うすぎたないやつといっしょは、いやよ。ここへ、ほっぽっとけばいいでしょ」

「それはそうだが、思いもかけないことになったなあ。少し気持ちを整理したいよ。殺人をしたために死ぬんじゃなくて、ぼくたちの愛を完結させるために死ぬんだってことを、あらためて確かめあおうよ」

「それは賛成だわ」

「きみと最初に会ったのは……」

と清二は、またもはじめた。

すると、ドアのベルが鳴り、清二は歯ぎしりをし、舌打ちした。

「またダぜ。いやな予感がするなあ。といって、ほっとくと、かえって怪《あや》しまれるし」

ドアをあける。外人の男がはいってきた。

「グッド・イーブニング……」

二人はいくらかだが、英語の会話ができた。まるでできなかったら、外人も出ていったのだろうが、応答をしたのがいけなかった。

「お部屋をまちがえたのでは……」

「ちがいます」

「すると、なにかご用で……」

「このあたりの景色、じつにワンダフルです」

「ですから、それがどうなんです」

「あなたがた、しあわせ。わたしも楽しい……」

外人はなれなれしく、いっこうに帰ろうとしなかった。英語での会話のため、もどかしい。言葉のはしから、相手の内心を読みとるということができない。清二のいらいらは、一段《いちだん》と高まった。このままだと、大事なムードが乱《みだ》されるばかり。

「ちょっと、水を一杯《いっぱい》……」

外人は、浴室にはいろうとした。そこには死体があるのだ。見られたりしたら、ことがさらに大きくなる。

ついに清二の心のなかで、なにかが爆発《ばくはつ》した。それは、はげしい口調となって出た。

「このやろう。もう許せん。がまんにも限度がある。世の中の連中、みな寄ってたかって、ぼくたちの愛と死の儀式《ぎしき》をじゃましやがる。それをさばかないうちは、死ぬに死ねない。さあ、おとなしくしやがれ……」

とカバンのなかに手を入れ、短刀を抜《ぬ》き、外人に突《つ》きつけた。血走った目つき。外人は予想もしなかったその行為《こうい》に、ただ驚《おどろ》き、目を丸くして手をあげた。清二は夏子に命じた。

「……その手をしばりあげてしまえ」

夏子はヒモをさがし、外人の手をうしろに回させ、しばりあげた。

「これで大丈夫《だいじょうぶ》よ。あら、この人、ポケットのなかに、拳銃《けんじゅう》を持ってるわ。それでうって、もうひとり、自殺を作りあげちゃいましょうか」

「まあ、待て。この調子だと、どうせまた、つぎにだれかが来るにちがいない。めちゃめちゃにされるばかりだ。この世からそっと逃《に》げ出そうとしているぼくたちを、どうして、ほっといてくれないんだろう。逃げようとするのが、いけないのかもしれない。たちむかうほうが、いいのかもしれないぞ。世の中すべてが、敵なのだ。こうなったら、やけだ。とことんまでやろう……」

清二は電話を手にした。

「警察《けいさつ》をたのむ……。あ、警察か。いま、ホテルのなかにいる者だ。外人をひとり、人質《ひとじち》にとった。手出しをすると、容赦《ようしゃ》なく、ぶっ殺すぞ。こっちも死ぬ覚悟《かくご》なんだ。そうだ、マスコミには知らせるなよ。これは売名行為じゃないんだ」

「事態がよくわかりませんが。失礼ですが、気はたしかなんでしょうね」

「当り前だ」

「冗談《じょうだん》も困りますよ。酔《よ》った上での悪ふざけは。あとで罰《ばっ》せられます」

「いいか、これは本気だ。その外人の国籍《こくせき》と名前はだな……」

清二は外人のポケットから、パスポートを出し、それを読んだ。それから、なにかしやべれと外人に命じた。冗談《じょうだん》でないこと、短刀と拳銃《けんじゅう》を突《つ》きつけられていることが伝えられた。清二がかわる。

「……わかっただろう」

「わかりましたよ。しかし、なんで急に、そんなことをおはじめになったのです」

「面白くないからだ」

「むちゃは、やめて下さい。その国は、国際的にいま非常に微妙《びみょう》な立場にあります。へたなことになったら、外交上、大変です」

「そんなこと、知るものか」

「多くの人に、迷惑《めいわく》がおよびます」

「こっちは、多くの人から迷惑を受けたのだ」

「いったい、要求はなんなのです」

「ちょっと待ってくれ……」

清二は夏子に聞く。

「……警察《けいさつ》が、要求はなんだと言っている。国外へ行かないか。なぜかわからないが、ここはぼくたちの死ねる場所じゃないようだ」

「いいわ。そのほうが、エキゾチックな死になるかもしれないしね」

清二は警察に告げた。

「小型機を用意しろ。安全に国外に脱出《だっしゅつ》したいのだ。その国の大使館と連絡《れんらく》し、よく相談してことを運べ。空港までの車も用意しろ。人質《ひとじち》の命のかかっていることを忘《わす》れるな」

「なるべく、ご希望にそうようにいたしますから、人質にだけは、手を出さないで下さい」

「それも、そっちの出方しだいだ。死ぬ覚悟《かくご》のできていることも、忘れるなよ」

「いったい、なにをそう思いつめたのです。主義を少しうかがえませんか」

「第三者には、説明してもわからぬことだ。こっちだって、こんなことになるとは、夢にも考えなかった。さあ、早くとりかかれ」

その国の大使館は、よく奔走《ほんそう》してくれた。まず自動車が用意された。人質《ひとじち》を連れて乗りこみ、夏子が運転した。清二はそばで拳銃《けんじゅう》をつきつけている。

警察《けいさつ》の妨害《ぼうがい》は、なかった。その大使館からの要請《ようせい》によってと思われた。遠くから警戒《けいかい》しているだけ。空港には、その国の小型機が待っていた。それに乗る。

やがて、ぶじに離陸《りりく》。外人は清二に言った。

「お疲《つか》れでしょう。もう大丈夫《だいじょうぶ》ですよ。拳銃をしまって、ゆっくりお休みなさい」

「変なことを言うやつだ。その手には乗らないぞ。油断をさせ、ぼくたちをとっつかまえようというのだろう」

「とんでもありません。感謝の意を示したいのです。こんなにうまくことが運ぶとは、思ってもみなかった」

「なんのことだ。なにを言いたいのだ」

「あなたがたは、命の恩人です。お話しましょう。じつは、わたしは秘密《ひみつ》情報部員。対立国の大使館にしのびこみ、重要書類をぬすみ見た。そこまではうまくいったのですが、それを感づかれてしまった。追いかけられ、もう少しで、闇《やみ》から闇へ消されてしまうところでした。それがスパイの宿命とはいえ、情報だけはなんとしてでも、本国へ持ち帰りたい。苦しまぎれに、あなたがたの部屋へ逃《に》げこんだというわけです。ホテルのまわりには、敵がいっぱい。生きて出られる可能性は、少なかった」

「そんなこととは……」

「おかげで警察が動いてくれ、ここまで脱出《だっしゅつ》できた。対立国の暗殺組織も、手が出せなかった。大変な成功です。利益ははかりしれない。わが国は、あなたがたを歓迎《かんげい》します。安全に保護し、生活の保証もいたします」

「あたし、夢を見てるみたいだわ。あら、あの死んだ横領男のカバンも、持ってきちゃった。なにが入ってんのかしら……」

夏子があけてみると、なかには札束がびっしり。

それから二人は、いつまでもしあわせに……。

勧《かん》誘《ゆう》

ある休日の午後。その青年は住居である、わりと高級なマンションの一室で、週刊誌《しゅうかんし》をのぞきながら、ぼんやりと時をすごしていた。彼《かれ》は一流企業《きぎょう》の社員。まだ独身であり、このように、ひとりで休養をとることができる。

どうせくだらん番組ばかりだろうが、テレビでも見るか。そう考えた時、ドアの上のチャイムが鳴った。だれか来客らしい。

あけてみると、三十歳《さい》ぐらいの身なりのいい、書類カバンを持った男が立っていた。にこやかな表情だが、つとめてそうしているようにも見える。男はあいさつをした。

「突然《とつぜん》、おじゃまいたしましたが……」

「なんの用だい」

「じつは、耳よりなお話を、お持ちいたしましたのでございます」

「ははあ、わかった。なにかを売りつけようというのだな。それなら、まにあってる」

「もしかしたら、お忙《いそが》しいので……」

「きょうは休日。のんきなものさ。しかし、ありふれたセールスマンと会話をして、時間つぶしをする気はないよ」

「ありふれたものでは、ございません。特殊《とくしゅ》なものなのです。わが社だけしか、扱《あつか》っておりません。いくつか並《なら》べたててごらん下さい。当ったら、いさぎよく帰ります」

「別荘地《べっそうち》、生命保険、自動車……」

相手は首を振《ふ》る。青年はつづけた。

「……美術品、電気製品、化粧品《けしょうひん》、家具」

「そんな、ありふれたものでは、ありません」

「よし、それなら、希望すると女性を世話してくれるたぐい……」

「お考えになりましたな。しかし、そのたぐいのは、すでに存在《そんざい》しているのではないでしょうか。当社はもっと特殊《とくしゅ》なものを……」

「すると、それより変っているのか」

「さようで……」

「よほどのものらしいな。見当がつかん」

「では、これで……」

と相手は頭を下げた。青年の好奇心《こうきしん》は、押《おさ》えきれないほど高まっていた。

「おいおい、ここまで気を持たせて帰るなんてないよ」

「では、くわしく説明をさせていただけるわけで……」

「ああ。まあ、そこの椅子《いす》にかけて……」

と青年はすすめ、自分も腰《こし》をおろした。

「てっとり早く申しますと、保険の一種でございまして、掛金《かけきん》を定期的にお払《はら》い込《こ》みいただくと、万一の時に非常にお役に立つというしだいで……」

「火災保険、盗難《とうなん》保険。そんなありふれたものじゃないだろうな。詐欺《さぎ》にあった時のためのかな。それとも、失恋《しつれん》、セックス……」

「お若《わか》いかたは、お考えが、そんな方向にゆくようでございますな。ちがいます。もっと人生において重要なことに関するものです」

「なんなのだ。早く教えてくれよ」

「死でございます」

「それじゃあ、生命保険じゃないか。約束がちがうぞ。だからいやなんだ。少しだが、生命保険にはすでにはいっている。結婚《けっこん》でもしたら考えが変るかもしれないが、いまはそんな気などないよ。お帰り下さい」

「生命保険だなんて、申しておりません」

「じゃあ、なんの保険なのだ」

「よろしゅうございますか。長い人生においては、死体のそばにいるという場合が、しばしばございます。寿命《じゅみょう》でどなたかお知りあいがなくなられる。これはいたしかたございません。しかし、どうにもつごうの悪い死体、持てあます死体、そういうものにかかわりあうことも、ないとは申せません」

「ありえないとは、いえないな。で、だからどうだというのだ」

「わたくしどもの社では、そんな場合に、それを完全に、しまつしてさしあげるのでございます。あとかたもなく、そこに死体があったという痕跡《こんせき》も残さずにです。もっとも、公衆《こうしゅう》の面前では、どうしようもありませんが。しかし、だれかに目撃《もくげき》される前でしたら、屋内、屋外、道ばたであろうが、山奥《やまおく》であろうが、秘密《ひみつ》のうちに、巧妙《こうみょう》にやってあげるのでございます。つまり、そういう分野の熟練者《じゅくれんしゃ》をそろえた組織というわけでして」

「すると、死体をひそかに、どこかへ片《かた》づけてくれるってことか」

「はい。この保険にご加入になり、毎月の掛金《かけきん》をお払いになっておれば、いざという場合に、ご連絡《れんらく》を受けるとすぐに……」

「おいおい、みそこなわないでくれ。ぼくが、殺人をやりそうな人に見えるかい」

「生命保険だって、すぐ死ぬとお思いになってお入りになるかたは、ございません」

177 勧 誘

相手の話を聞きながら、青年はふとあることに気づき、それを口にした。

「いったい、あなたはだれのすすめで、ぼくのところへ来たのだ。こんな、とんでもないのを紹介《しょうかい》してよこしたやつは……」

「それはお考えちがいでございます。当方が独自に調査いたした上で、こう、ご訪問《ほうもん》したのでございます。その標準といいますか、目標といいますか、主にエリートコースを進んでおられるかたを、対象にいたしておりまして……」

「なんだか、みえすいたおせじだな」

「いえいえ。どうか、わが社の立場になってお考え下さい。たとえば犯罪組織の人。そんなのは、こちらでおことわりです。死体のしまつには、かなりの費用がかかるのです。また、うだつのあがらない、刑務所《けいむしょ》に入るのが平気な人。これも同様で、金を払って加入しようなんて気になってくれません」

「それもそうだな」

「それに、なによりも、わたくしどもは、お役に立ちたいのです。感謝されたい。それでこそ仕事のしがいがあり、存在意義《そんざいいぎ》があるというものです。将来性《しょうらいせい》のあるかたが、つまらないことで、一生を棒《ぼう》に振《ふ》る。そこを、お助けしたいのです。おわかりいただけましょう」

「しかし、ぼくに殺人の予定などないぜ」

「あったとしたら、わが社としても困《こま》ってしまいます。殺人計画をたててから加入する人ばかりでは、営業が成り立ちません。ですから、ご加入のおすすめは、一回だけしかいたしません。あなたさまを健全な思考の主と判断いたしまして、参上いたしましたので……」

「いまがチャンスというわけか。それにしても、死体保険とはねえ。現実に役に立つことがあるのかな。掛金《かけきん》の払《はら》い損《ぞん》ということになるんじゃないのかな」

「そんなことはございません。お入りいただいたかたがたから、感謝されております。精神的な安心感を得られたと。そもそも、保険とは、そういうものでございましょう。万一の場合への、心のささえでございます」

「そういうものかな」

「具体的に、ご説明いたしましょう。早くいえば、人を殺す権利《けんり》を入手なさるわけでございますよ。いまはいなくても、そのうち、許しがたい、いやなやつが現われるかもしれません。そいつを殺してやりたいと思い、現実に殺すかもしれない。殺すだけなら、そうむずかしいことではございません。問題は、そのあとについてです。たいていの人は、なれない死体の処理《しょり》で、どうしようもなくなる。実際の事件でも、推理《すいり》小説でも、そこから発覚してしまうのです。それは、その道の熟練者《じゅくれんしゃ》にまかせず、自分でやろうとするからです」

「なるほど」

「その、最も困難《こんなん》なところを、当社でやってさしあげるのでございます。ご加入になられたあとの殺人には、当社が責任を持って処理いたします。つまり、ご自由に人が殺せるというわけでして」

「なるほど、なるほど。いやなやつが出現した。しかし、こいつはいつでも殺せる。そう考えることで、心理的なもやもやが発散できるというわけだな。となると、現実にそれを実行しないですむことになる」

「そう。そういうことでございます。だんだんと、ご理解いただけてきたようですな。現実に可能だからこそ、そういう、おおらかなご気分になれるのです。これは普通《ふつう》、お金では買えないもの。それを買える形にしたのが、当社でございます。それに……」

「まだ利益があるのかい」

「現代の社会は、複雑でございます。いつ、なにが起るかわからない。そんなつもりなどまったくなかったのに、ついかっとなって、他人を殺してしまうことだって、ないとはいえない。だれかが事故で死んだのに、日ごろの関係から殺人と思われ、その容疑者《ようぎしゃ》にされることだってある。正当防衛で殺したのに、その立証ができない場合だってある」

「うん」

「さらにですよ、だれかが計画的にこの部屋に死体を運びこみ、あなたさまを殺人犯に仕立て、おとしいれようとしないとも限らない。自分は決して人を殺さないと注意していても、こういうわなに、対抗《たいこう》できない。まさに不運です。こんな時にも、死体保険のありがたみが発揮《はっき》されるのです」

「だれかを訪問《ほうもん》したら、すでに殺されていたってことも、あるかもしれないしな」

「事故、正当防衛、わな。弁護士をやとうことで、法廷《ほうてい》で身のあかしを立てることはできましょう。しかし、長い年月と多額な費用とがかかる。大変なことですよ。それに、容疑者《ようぎしゃ》あつかい。これが、いちばんの困《こま》りものです。週刊誌《しゅうかんし》などに、大げさに書きたてられるかもしれない。社会的な信用というものを、失ってしまいます。これはすなわち、人生を失うのと同じことで……」

「そこはよくわかるよ」

「ありがとうございます。かなりご関心をお持ちになりのようですな。あ、これはもっと早く申し上げておくべきでした。たぶん、ご心配なさっておいででしょう」

「なんについてだね」

「わが社を、犯罪組織が新しく手をのばした存在《そんざい》ではないかと、お疑《うたが》いでは……」

「そうだ。ありうることだな」

「決して、そんなことはございません。それは、犯罪組織とすれば、やりたい仕事でしょう。しかし、そうそううまくはいかない。なぜなら、警察《けいさつ》はそういう連中に対して目を光らせている。ですから、おかしな動きをはじめたら、たちまちとっつかまります」

「そういうものかもしれないな」

「わが社は、犯罪組織とは縁《えん》がありません。伝統と信用を誇《ほこ》りとしております……」

「いったい、どんな人が創立《そうりつ》したんだい」

「もう故人ですが、まじめな法律《ほうりつ》学者です。しかし、この人には夢遊病《むゆうびょう》の傾向《けいこう》があった。そして、ある時、部屋のなかで目をさましたら、そばで友人が殺されていたという事態にでくわした。どうやら自分が殺したらしい。人を殺したにはちがいないが、夢遊状態のなかでのことだから、別な人格の行為《こうい》である。そこでまず検事の立場になって真剣《しんけん》に考え、つぎに弁護士の立場で考え、さらに裁判官《さいばんかん》の立場になって検討《けんとう》してみたが、有罪か無罪か、どうにも判定がつけられなかった。夢遊《むゆう》状態であらわれる人格をどう処罰《しょばつ》したらいいのか、見当がつかない。迷ったあげく、そこで発想の転換《てんかん》というのをやった。問題は、死体のほうである。これを、完全に消滅《しょうめつ》させてしまうべきではないかと……」

「そうだったのか」

「しだいに賛同する者がふえ、ひそかに組織をひろげ、今日に及《およ》んだというわけです。わが社の信用の点ですが、殺人犯のなかに、おれは死体保険に加入していたのに、死体が発見されて逮捕《たいほ》されたと、不満をのべる人のいないことでお察し下さい。つかまるのはみんな、加入していない人ばかりです」

「で、死体は最終的に、どうしまつしているのだろう」

「知らないほうがいいのでは、ございませんか。じつは、わたくしも知らないのです。あれこれ想像はしてみますがね。ある種のルートで、移植用に臓器《ぞうき》を売っているのかもしれない。不要の部分は、どこかの動物園の、猛獣用《もうじゅうよう》のえさにしているのかもしれない。骨《ほね》は粉にして、海に捨《す》てているのかもしれないなどとね。この件に関しては、厳重《げんじゅう》に秘《ひ》密《みつ》が守られているのです。当社に警察《けいさつ》の手入れがあっても、死体さえなければ、どうしようもありませんからね」

「だいたいわかってきた。だいぶ興味がわいてきたよ。しかし、いざという場合、本当に死体を片《かた》づけてくれるのかい。いちばんの問題はここだよ」

青年が言うと、相手は書類を出した。数字がたくさん書き並《なら》べてある。

「このリストは、加入者の電話番号の一部でございます。もっとも、最初の二けたは省略してあります。それはわたくしがやります。あとは、あなたさまがつづけておかけ下さい。加入してよかったという声が聞けます」

「やってみてもいいが、用意したテープの声じゃないのかな」

「会話をなさってみれば、おわかりいただけましょう。本当のところは、わたくしもそういうかたに、直接にお会わせしたい。すぐに、なっとくいただけましょう。しかし、それはむりというものでございます。また、かりにそれができたとしても、ご信用なさらないかたもございましょう。こうなると、ご縁《えん》がないと申し上げるしかありません」

「そういうものだろうな」

「社として最もつらいのは、そこなのでございます。ご信用いただけるかどうかの点なのです。さきほどからの、わたくしへのご印象から、判断していただく以外にございません」

「巧妙《こうみょう》な新種の詐欺《さぎ》という感じは、受けないよ。そうだ、ひとつ聞かせてもらおう。あなた自身は加入しているのかい」

「もちろんでございます」

「よし、もうひとつだけ質問する。その答えできめよう。あなたは、それで危機《きき》を脱《だっ》した体験があるのかい」

「お答えしにくいことですが、申し上げましょう。その通りです。加入していてよかったとの、体験の主でございます。だからこそ、こうして人目をしのぶことなく、生活していられるのでございます」

「よし、わかった。加入しよう」

「なにか、ほかにご質問は……」

青年は考えてみたが、とくに思いつかなかった。掛金《かけきん》を払《はら》う、万一の場合に死体を片《かた》づけてくれる。そこがはっきりすればいいのだ。

「ないな。で、書類かなにかあるのかい」

「はい。これでございます」

相手はカバンから出しながら言った。

「……内容が内容ですので、ありのままを文面にいたすわけには、まいりません。特殊《とくしゅ》な非常事態に際し、満足のゆく援助《えんじょ》をするという、ぼかした表現になっております。しかし、わたくしがご説明いたしたことに、まちがいはございません……」

掛金は安くなかったが、払えないというほどの額ではない。青年は、その第一回分を支払った。相手は言う。

「では、ここにサインを……」

サインをしながら青年は聞く。

「この書類を押収《おうしゅう》されたら、えらいことになるんじゃないのかな」

「そんなことは、決して起りません。関係者以外があけたら爆発《ばくはつ》する金庫に、しまうのです。それに、かりに他人の目にふれたとしても、どうということもない。掛金《かけきん》を払《はら》っただけでは、悪事とはならない。殺人をしていないかたなら、平気でしょう。また、なさったかたでも、死体がどこにもないのですから、しなかったのと同じというわけでございます」

「そういうものかもしれないな」

「では、ご加入いただきましたので、この証明カードをさしあげます。おなくしにならないよう、ご注意下さい。ここに電話番号が印刷されております。特殊《とくしゅ》非常事態の発生の際には、これへおかけ下さい。たちまちのうちに、死体はしまつしてさしあげます」

「わかった。これでぼくも、正式に加入できたというわけだ。なんだか楽しい気分になってきた。どうだい。いっしょに酒でも飲もう」

「ありがとうございます」

乾杯《かんぱい》しあっているうちに、酔《よ》いが心をうきうきさせた。自分には、人が殺せるのだ。殺しても、大丈夫《だいじょうぶ》なのだ。いままでは、夢にも考えなかったことだった。人生観が一変したといってよかった。殺人という、社会の最大のタブー。それが自分に関しては、消えてしまったのだ。うそでなく、現実に。

そんな感情が青年の内部で、急速に大きくなっていった。殺人の自由。それはとてつもなく魅力的《みりょくてき》で、彼《かれ》は押《おさ》えきれなくなった。

やってみよう。

その衝動《しょうどう》は彼をかりたてた。青年はそばの男に飛びかかり、首をしめあげた。

「う、なんてことを……」

相手はその言葉を残して、息が絶えた。死体となって床《ゆか》に横たわっている。あっけないほど、簡単《かんたん》なことだった。しかし、あわてふためいたりすることはないのだ。

青年はカードにある電話番号にかけてみた。応答があった。

「はい。ただちに参上いたします。場所をどうぞ……」

十分ほどの時間がたった。三名の男がやってきた。新しい洋服ダンスを配達してきたという外見でだった。青年がカードを見せると、彼《かれ》らはそれにスタンプを押《お》し、うなずき、仕事にとりかかった。ひとりはあたりをよく調べている。痕跡《こんせき》が残らぬようにしているのだろう。あとの二人は、死体を洋服ダンスに運び入れている。とびらをしめ、外側に加工し、古ぼけた外観へと変化させた。

それを運び出す。すべて手ぎわがよかった。死体は、そこから消えた。一種の芸術のごとく、手ぎわがよかった。

もっとも、青年はそれから数日間、いくらか心配だった。しかし、なんということもなかった。新聞にはこれに関連したような記事はなにものらなかったし、刑事《けいじ》らしい人物につきまとわれたこともなかった。あの契約《けいやく》の通りだった。

一カ月後、訪問《ほうもん》があった。

「掛金《かけきん》の集金にまいりました」

「あれほどすばらしいものとは、知らなかった。払《はら》うよ。しかし、これで解約というわけには、いかないものかね」

「そうはいきません。ご加入いただいたからには、一生やめることはできません」

「そうだったのか。しかし、まあいい。またお世話になることもあるだろう」

「さきほどからのお話ですと、すでに権利《けんり》を行使なさったようですね」

「ああ」

「なにか誤解《ごかい》なさっておいでのようだ。権利は、一回しかお使いになれないのですよ。一生のうち、一回あるかないかのためのものです」

「すると、こうなのか。権利を使ったあとは、解約もできず、掛金を払いつづけなければならず、いいことはなにもなしというわけか。そんなこと、知らなかった」

「ご加入の時に、よくお聞きになればよかったのです。しかし、ご不満とはお考えちがいというものです。あなたは権利をお使いになった。よほどのことが、あったからでしょう。殺人なのですよ。普通《ふつう》でしたら、のんきなことを言っていられないわけですよ。そこをお考えになれば、いかに大きな利益を受けているか、おわかりになるでしょう。

そのあなたの掛金《かけきん》によって、ほかの加入者も、それと同じように助かるのです。保険とは互助《ごじょ》組織。そういう性格のものなのです」

「金をずっと払《はら》いつづけなければならないというわけか。とてもそんな余裕《よゆう》は……」

「お困《こま》りでしたら、ご相談に応じますよ」

「なにかいい方法でもあるのか」

「はい。すでに権利《けんり》をお使いになったかたのために、適当な副業があるのです。その気がおありでしたら、休日を利用し、当社の勧誘員《かんゆういん》をなさいませんか。掛金を払っても、いくらか手もとに残りますよ」

車の客

夜の盛《さか》り場で、三十歳《さい》ぐらいの男がひとり、タクシーをとめて乗り込《こ》んだ。行先を告げると、車は走りはじめた。しばらくして、運転手が言った。

「ずいぶん遠くに、お住まいなんですね」

「ああ、きょうは、かなり酔《よ》ってしまったんでね。電車へ乗って、途中《とちゅう》で眠《ねむ》りこんだりしてしまうと、えらいことになる。ふんぱつして、車で帰ったほうがいいと思ってね

……」

「酔《よ》いがさめるようなお話を、してさしあげましょうか」

「いいね。そいつは面白い。たのむよ。変った話なるものに、最近は、ちっともぶつか

らない」

「じつは、わたしも、話したくてならないのです。だまって心のなかにしまっておくと、妙《みょう》な気分になるばかりなのです。だれかに、そんなことありえないと、打ち消してもらいたいというわけですよ」

「いやに、もったいをつけるね」

「つけたくもなる出来事なのですよ。あれは、一週間ほど前のことでした。夕方でしたが、病院の前で、ひとりの若《わか》い女を乗せました。どことなく、元気がない。もっとも、病院へかよい、医者にかかっているのでしたら、ぐあいの悪い個所《かしょ》があっても当然で……」

「それはそうだろうな」

「かなりの距離《きょり》を、走りました。そして、告げられたところの家に、着いたのです。女はおり、その家のなかへはいっていった。金を払《はら》わずにですよ。わたしは、そこが、その女の知りあいの家かなと思って、待っていました。すぐに戻《もど》ってきて、自宅《じたく》へ行ってくれということになるのかと……」

「なるほど。ちょっと寄って、なにかを渡《わた》すかもらうかする場合も、あるものな」

「しかし、なかなか出てこない。待ち料金はあがる一方。注意してあげたほうがいいだろうと、わたしは車からおりて、その家の玄関《げんかん》のベルを押《お》しました」

「親切なことだね」

「すると、五十歳《さい》ぐらいの男が出てきて、どんなご用ですと聞くんです。どんな用もない、いまの女のかたのタクシー料金のことだと、説明したわけですよ。すると相手は、どんな女だと聞く。なにとぼけているんだ、とぼけて料金をふみ倒《たお》す気かなと、こっちは人相やからだつき、服装《ふくそう》、乗せた場所などを、くわしく説明しましたよ」

「で、どうなった」

「そのうち、相手は青ざめて、こう言いましたよ。それだったら、自分の娘《むすめ》だ、七日前にあの病院で、息をひきとったのだと。ああ、やはり家へ帰りたかったのだなと、涙《なみだ》を出すじゃありませんか」

「まさに驚《おどろ》きだな」

「むこうも驚いたでしょうが、わたしは、それ以上ですよ。ちゃんと乗せて、言われたとおり、ここまで乗せてきたんですからね。料金のことなど、もう、どうでもよくなりましたよ。そんなことより、一刻《いっこく》も早く、その場を離《はな》れたいという気分でした。しかし、引きとめられまして、規定の料金、そのほかに、いくらかのお金をいただきました。娘《むすめ》の魂《たましい》を、よく連れてきてくれたとね」

「ふうん……」

「信じられますか」

「作り話だろうときめつけたら、あなたは、不愉快《ふゆかい》になるだろう。幻覚《げんかく》だろうと言いたいところだが、そうではないな。なにしろ、娘の父親が出てきたのだから」

「そうですよ」

「そういうたぐいの話は、以前に、聞くか読むかしたおぼえがあるな。しかし、現実に起るとはなあ。その体験者からじかに聞くのは、はじめてだ。少し、酔《よ》いがさめかけてきたよ」

乗客の男は、ハンカチで汗《あせ》をふいた。運転手は、車を走らせながら言う。

「思い出すと、いまだに、からだがふるえますよ。バックミラーに、あの女の顔が、いまにも不意にうつるんじゃないかと思うと……」

「おいおい、運転に注意してくれよ。本当に、ふるえてるみたいだな。そんなこと、早く忘《わす》れることだな。それ以外に、しようがないじゃないか。安全に走らせてくれ。ハンドルを、しっかりにぎってだ。こっちは、千鳥足でふらついて駅のホームから落ちたりしないようにと、タクシーに乗ったんだからな」

と男が念を押《お》すと、運転手は言った。

「ふるえてしまうのには、もうひとつ理由があるのですよ」

「そうかい。しかし、元気を出せよ。そりゃあ、お客なしだったら、心細いかもしれない。だが、いまは、ぼくが乗っているんだ。不意に、その女に変身するわけがない。もっとも、できるものなら、なってみたいがね」

「お客さん、ふざけないで、もう少し話を聞いて下さい。きのうの晩《ばん》のことなんですよ。たしか、夜の八時ごろでした。年配の男を乗せたんです。六十歳《さい》ぐらいかな。一流会社の重役といった感じの人でした。その人に、その話をしたんです」

「それまで、だれにも話さなかったのかい」

「家族や知人には、話しましたよ。しかし、お客さんにはしませんでした。そういう機会がなかったんです。短い距離《きょり》のお客だったり、こわがらせては悪いお客だったり、お連れの人との会話がはずんでいたり、書類を調べるのに夢中の人だったりで……」

「で、その老紳士《ろうしんし》は、べつだったのかい」

「ええ、方角はちがいますが、お客さんと同じように、行先が郊外《こうがい》だったので、時間があった。それに、むこうから話しかけてきたんです。なにか変った話題はないかってね。それに、わたしのほうも、話したかったし……」

「その人の反応は、どうだった」

「あいづちを打って、熱心に聞いてくれましたよ」

「で、なにか解説してくれたかい」

「解説なんて、できるわけないでしょ。考えつづけのわたしにだって、まだなっとくできる説明は、つけられないでいるんですから。その人は、世の中にはいろいろとふしぎなことがあるものだ、と言ってました」

「そうとしか、言いようがないだろうな。意見を求められたら、ぼくだって、そう言うもの」

お客はうなずき、シートにすわりなおした。運転手は話をつづけた。

「その先を聞いて下さいよ。めざす家に着いたんです。そのお客さん、落ち着いた動作で車をおり、家のなかへはいっていった。重役クラスとなると、ちがうものだ。自分は金を持ち歩かない。いまに家の人が、どうもごくろうさまと料金を払《はら》いに出てくるのだろうと思って、待っていたんです。そんなの、たまにありますからね。しかし、なかなか出てこない……」

「それから、どうなったんだい」

「あまり話したくないな。思い出したくもない、といった気分ですよ」

「おいおい、話を聞いてくれって言ったのは、そっちだぜ。気を持たせるなよ」

お客にうながされ、運転手は言った。

「そうでしたね。そこでわたしは、車をおりて玄関《げんかん》まで行って、ベルを押《お》したのです。青年が出てきて、妙《みょう》な顔をする。わけを話すと、その顔が青くなりましたよ。それだったら、父だと……」

「おやじが帰宅《きたく》して、むすこがなぜ青くなるんだ。なにか、わけでもあったのか」

「し、し、死んでたんですよ、その父親っていうのがね。ちょうど初七日だっていってました。仕事の上で、会社に迷惑《めいわく》をかけた。その責任を感じて、会社で自殺したんだそうです。時刻《じこく》も夜の八時とか。乗せたところが、ちょうど、その会社の前でした。そういえば、新聞でそんな記事を読んだような気もする。その青年、手にジュズを持っていましたよ。それを見たとたん、わたしは思わず、しゃがみこんでしまいました」

「そうだろうなあ……」

「むすこさんのその青年、水を持ってきてくれました。ウイスキーのびんを持ってきて、少しまぜようかとも言ってくれました。それは、もう、飲みたい気分でしたよ。しかし、なんとか、思いとどまった。酔《よ》っぱらい運転でつかまっては、ことです。警察《けいさつ》だって、こんな弁解は、みとめてくれませんものね」

「心配するなよ。その警官《けいかん》もよくたしかめたら、殉職《じゅんしょく》した人かもしれない」

「まぜっかえさないで下さいよ、お客さん。わたしは本当に、しばらく立てなかったんですから。そのむすこさん、料金を払《はら》って下さった上、そのウイスキーを、びんごとくれました。父への供養《くよう》と思って、あとで飲んでくれとね」

「冗談《じょうだん》でまぎらせたくもなるぜ。まったく、驚《おどろ》かされる話だなあ。酔《よ》いが、すっかりさめてしまったぜ」

「聞いただけで、そうでしょう。わたしは、それを現実に体験したんですよ。きのうのことなんです。きょうは、仕事を休もうかとも思いましたよ。しかし、家でくよくよしているのも、いいことではない」

「そうさ。仕事に打ち込《こ》んで、忘《わす》れるようにしたほうがいい」

「こんどあんな目に会ったら、自分がどうなるか、わかりませんね。もうたくさんです」

ふるえ声の運転手に、青年は言った。

「ぼくは大丈夫《だいじょうぶ》だぜ。なんだったら、さわってやろうか」

「よして下さい。あなたがつめたい手の人だったら、びくりとして、ハンドルを切りまちがえてしまいますよ。それでなくても、神経が敏感《びんかん》になっているんです。それにしても、なぜ、わたしの車で、あんなことが起るんでしょう」

「車を走らせていて、黒ネコでもひいたことが、あるんじゃないかい」

「よして下さい。ますます、いやな気分になってしまう。わたしはね、ずっと無事故が自慢《じまん》なのですよ」

「悪かった。じゃあ、ネクタイをきちんとするか。もう、そう遠くない。二、三分で、うちに着くだろう」

「このあたり、さびしいところですね」

「仕方ないよ。そんなに金まわりがいいわけじゃないもの。給料をため、金を借りて、やっと作った住居ってわけさ。あ、そこを左に曲ってくれ。そう、その少し先だ」

車がとまる。男は財布をのぞいて言った。

「少したりないな。うちへ行って、持ってくる。待っててくれ」

男は家のなかに入り、声をかける。

「おい、いま帰ったぞ」

「あら、飲んできたのね」

と妻が迎《むか》えて言う。

「じつはね、ぼくの昇進《しょうしん》がきまったんだ。そのお祝いで、同僚《どうりょう》たちと一杯《いっぱい》やってきたっていうわけさ」

「よかったわね。あたしも、乾杯《かんぱい》したくなってきたわ」

「そうしよう。ぼくももっと飲みたい。しかし、その前に、タクシー代を払《はら》わなくちゃならない。金がたりなかったんだ。そとに待たしてある」

「それだったら、すぐ払わなくちゃあ……」

「待て、そのうち取りにくるだろう。まず、ぼくの靴《くつ》を早くしまってくれ。そうだ、線《せん》香《こう》があったな、それに火をつけて……」

「なんなのよ」

「きみは結婚《けっこん》する前、演劇《えんげき》をやっていたな。ちょっと、芝居《しばい》をやってくれないか」

「やってもいいけど、どうやるの」

「あたしの亭主《ていしゅ》は、ちょうどひと月前、バーで飲んでいて、心臓《しんぞう》発作で死にましたとね。仕事熱心で睡眠《すいみん》が不足がちだった。やっと家ができ、まだ若《わか》くて陽気な人だったのにとか話して、料金のほかに少し余分《よぶん》に払ってやってくれ」

「なぜ、そんな手数のかかることをやるの」

「あとでくわしく話すが、ああいうのがはやっているのかな。それとも、あの運転手が考えついたのかな。話の面白いやつなんだよ。おしゃべりをしあっているうちに、チップをやりたいような気分にさせられてしまった。そこが、むこうの狙《ねら》いでもあるんだろうな。まあ、いい。きょうは昇進《しょうしん》して、おめでたいんだ。気前よく払《はら》ってやろう。そら、玄関《げんかん》のベルが鳴った。いまの演技、真に迫《せま》ってやってくれよ……」

星新一ショートショートセレクション

和田誠 絵

短い物語の中に、現代と未来のいくつもの顔を鮮やかにとらえるSF小説。ショートショートの名手が明日の子どもに示す新しい世界。

1 ねらわれた星
2 宇宙のネロ
3 ねむりウサギ
4 奇妙な旅行
5 番号をどうぞ
6 頭の大きなロボット
7 未来人の家
8 夜の山道で
9 さもないと
10 重要な任務
11 ピーターパンの島
12 盗賊会社
13 クリスマスイブの出来事
14 ボタン星からの贈り物
15 宇宙の男たち

星新一
YAセレクション
不吉な地点

二〇〇九年十月初版
二〇二〇年八月第五刷

作者　星　新一
画家　和田　誠
発行者　内田克幸
発行所　株式会社理論社
東京都千代田区神田駿河台二―五
営業　電話〇三（六二六四）八八九〇
FAX〇三（六二六四）八八九二
編集　電話〇三（六二六四）八八九一

編者　大石好文
制作　DAI工房／P&P

NDC913　B6判　19cm　208p　ISBN978-4-652-02388-4

URL https://www.rironsha.com

作者　星 新一（ほし・しんいち）

一九二六年、東京に生まれる。東京大学農学部卒業。五七年に日本最初のSF同人誌「宇宙塵」に参画。ショートショートと呼ばれる短編の新分野を確立し、千以上の作品を発表する。六八年に、『妄想銀行』で第21回日本推理作家協会賞を受賞。九七年没。主な著書に、『ボッコちゃん』『宇宙の声』『ようこそ地球さん』『ブランコのむこうで』などがある。

画家　和田 誠（わだ・まこと）

一九三六年、大阪に生まれる。多摩美術大学卒業。グラフィック・デザイナー、イラストレーターとして、装丁、挿絵、絵本などを手がけるほか、映画監督、作詩・作曲家、エッセイストなど、ジャンルをこえた多彩な活動を続ける。一九七四年に講談社出版文化賞、一九九七年に毎日デザイン賞受賞。

ここに収めた作品は『夜のかくれんぼ』『たくさんのタブー』（新潮社）を底本といたしました。

星新一 ちょっと長めのショートショート

和田誠 絵

星作品の中にも長いものがある。しみじみと人をやさしくつつんでくれるその作品もぜひ味わってほしい。

星新一 YAセレクション

和田誠 絵

痛烈な皮肉とユーモアと、
意表をつくどんでん返し。
人間をつき放しだきしめる
ちょっぴりおとなの世界へ。

1 死体ばんざい
2 殺し屋ですのよ
3 ゆきとどいた生活
4 夜の侵入者
5 あいつが来る
6 あるスパイの物語
7 妄想銀行
8 不吉な地点
9 きつね小僧
10 うらめしや